OETINGER TASCHENBUCH

Eric Berg ist das Pseudonym des deutschen Schriftstellers Eric Walz. Mit seinem Debütroman *Die Herrin der Päpste* landete er einen großen Erfolg. Sein Roman *Das Nebelhaus* stand wochenlang auf der Spiegel-Bestsellerliste. Eric Walz lebt in Berlin und auf Gran Canaria.

Eric Berg

SCHREI

Oetinger Taschenbuch

MIX
Papier aus verantwortungsvollen Quellen
FSC® C014496
www.fsc.org

Das für dieses Buch verwendete FSC®-zertifizierte
Papier Danube liefert Salzer Papier, St. Pölten, Austria.
Der FSC® ist eine nicht staatliche, gemeinnützige Organisation,
die sich für eine ökologische und sozialverantwortliche
Nutzung unserer Wälder einsetzt.

1. Auflage 2016
Oetinger Taschenbuch in der Verlag Friedrich Oetinger GmbH,
Poppenbütteler Chaussee 53, 22397 Hamburg
August 2016

Umschlaggestaltung: Grafisches Atelier arsEdition, unter
Verwendung von Bildmaterial von © Getty Images / Thinkstock
Druck: GGP Media GmbH, Karl-Marx-Straße 24,
07381 Pößneck, Deutschland
ISBN 978-3-8415-0442-5

www.oetinger-taschenbuch.de

Für Toni Richter

HEIKO

Scheiße gelaufen. Das ist das Erste und Letzte, was mir durch den Kopf geht, wenn ich daran denke. Scheiße gelaufen für Lulu und die anderen. Jetzt kann jeder sagen: Nicht gerade originell, fällt dem nichts anderes dazu ein, vielleicht ein bisschen Betroffenheit oder Reue? Aber so ist es halt. Was soll ich sagen? Ich hab einfach keine Lust, lange darüber nachzudenken, wie, was und warum, ob wir uns richtig oder falsch verhalten haben, was gewesen wäre, wenn, und so weiter und so weiter. Das kann man gefühllos oder kalt nennen oder was auch immer, ich will einfach nichts mehr davon hören, okay? Lasst mich endlich in Ruhe damit!

* * *

Einige sagen, dass Typen wie ich schuld sind, dass es überhaupt so weit gekommen ist. Leute, die fast gar nichts darüber wissen, sind ja so schlau, so furchtbar schlau. Hinterher ist alles so easy zu durchschauen und ich und die anderen stehen wie Idioten oder Fieslinge da. Sucht es euch aus, mir ist es mittlerweile egal. Ehrlich, ich kann es nicht mehr hören.

* * *

Das ist nicht wie bei Brandstiftern oder so. Da gab es keinen, der das Feuerzeug unter die Gardine gehalten hat, und alles ging in Flammen auf. Das ist eher wie – wie – wie bei einer Brücke, über die 100.000 Laster fahren, und irgendwann stürzt sie ein. Kann man da sagen, der Laster mit der Nummer 16.915 ist schuld oder der Laster mit der Nummer 67.282? Oder 99.999? Eher nicht, oder?

* * *

Ich war nicht dabei, als es passierte. Hab nix davon mitbekommen und war einer der Letzten, der es erfahren hat. Lag daran, dass ich im Skatepark war. Der liegt ein bisschen abseits der Schulgebäude, viele Bäume zwischen dem sogenannten Ernst des Lebens und dem, was Spaß macht. Zuerst war ich ganz allein, dann kam Simon dazu. Ist ein komischer Typ, der Simon, ziemlich strange, hatte nie viel mit ihm zu tun, aber er kann verdammt noch mal skaten, und das ist doch das Wichtigste in einem Skatepark, oder? Wir haben uns wie üblich kaum unterhalten, mit Simon redet man nicht viel, trotzdem hab ich gemerkt, dass er an dem Tag irgendwie nicht gut drauf war. Hat sein Brett behandelt, als wollte er ihm wehtun. An dem Tag hat er nicht lange trainiert, was mich ein bisschen wunderte, weil er als einer meiner härtesten Konkurrenten bei den bevorstehenden Schulmeisterschaften gehandelt wurde. Den Meisterschaften, die dann niemals stattfanden … Scheiße. Eine Stunde später hat mir dann jemand erzählt, was passiert war.

* * *

Die Internatsleitung schickte uns alle nach Hause. Sie haben die Schule dichtgemacht, und dann haben sie gesagt, vielleicht für immer. Ich werd nie die Bittermiene vom Direktor vergessen, als er mit harten Lippen zu uns sagte: »Das habt ihr nun davon.« Zugegeben, ich bin weder ein großer Fan von Schule insgesamt noch speziell vom Haus Lombardi, seinen Lehrern und dem Direx gewesen. Aber was der da abgezogen hat, das war echt heftig. Ich hätt ihm am liebsten zugerufen: »Kehr lieber mal vor deiner eigenen Tür, du heuchlerischer Spießer!« Aber erstens wär das in dem Moment nicht angesagt gewesen, ich bin nämlich gar nicht so unsensibel, wie manche meinen. Und zweitens wär das wie ’ne billige Retourkutsche rübergekommen. Von wegen Schuld und so. Wir haben alle Mitschuld – und keiner.

So, mehr sag ich dazu nicht.

1

Lulu öffnete die Augen. Für einen Moment wusste sie nicht, wo sie sich befand. Sie sah die Landschaft an sich vorüberfliegen, Bäume, Schafe, Wiesen und Strommasten. Dann fiel es ihr wieder ein. Sie saß im Zug. Das Rattern und das Kreischen der Bremsen waren bis in ihren Angsttraum vorgedrungen.

Erschöpft rieb sie sich über das Gesicht. Sie fühlte sich völlig ausgelaugt. Der August war unbarmherzig. In der Regionalbahn schien sich die Hitze eines ganzen Sommers zu stauen, Schweißperlen hatten sich auf Lulus Haut gebildet. Ein Blick aus dem Fenster verriet ihr, dass sie noch mindestens eine halbe Stunde bis an ihr Ziel brauchen würde. Ihr Ziel? Das war es nicht wirklich, oder?

Bäume, Schafe, Wiesen, Strommasten. Und diese Hitze. Obwohl sie es nicht vorhatte, fielen ihr die Augen wieder zu.

Träumte oder dachte sie, als ihr die Bilder vom Ende des letzten Schuljahres durch den Kopf schossen? Aber spielte das überhaupt eine Rolle? Das vergangene Schulhalbjahr war so oder so ein Horrortrip gewesen, von dem sie nicht träumen und woran sie nicht denken wollte. Die Bilder wechselten. Im Traum tauchte von irgendwoher ihr Vater auf. Dann ihre Mutter.

»Ich gehe nicht zurück!«, hörte sie sich schreien. Doch die beiden schüttelten nur den Kopf, taub gegen jedes Argument, das sie vorbrachte. Sie hörten sie einfach nicht, so laut sie auch schrie. Und dann drehten sie sich um und gingen davon.

»Ich kann aber nicht, ich kann nicht zurück!«, schrie sie und wachte davon auf. Ihre Kehle brannte.

Wie oft hatte Lulu die Diskussion in der Realität mit ihren Eltern geführt? Sie hörte ihren Vater noch, der von dem Schulgeld sprach, das bereits gezahlt war. Ihre Mutter, die von der besten Schulbildung redete, die man in diesem Land genießen konnte. Ihr dagegen hatte niemand zugehört. In der Wirklichkeit genauso wenig wie im Traum.

Und nun kehrte sie eine Woche vor Ende der Sommerferien doch zurück ins Haus Lombardi und zu dem großen Problem, mit dem sie sich seit Monaten herumschlug.

Schluss, Lulu! Du wolltest doch nicht mehr daran denken.

Aber das war leichter gesagt als getan. Denn es ging ja nicht nur um das, was passiert *war*, sondern um das, was passieren *würde*. Um die Zukunft. Und Lulu hatte kein gutes Gefühl, was die nahe Zukunft anbelangte. Wie sollte sie es nennen? Ahnung, Bauchgefühl? Jedenfalls hatte sie Angst, dass alles den Bach runterging, ohne genau sagen zu können, was sie befürchtete.

Wieder kreischten die Bremsen, schmerzten in den Ohren und rissen Lulu aus ihren Gedanken. Im letzten Moment bemerkte sie das Bahnhofsschild, auf dem SOMMERFELD stand.

»Mist.« Sie schnappte sich den Koffer und hastete durch den Zug, rempelte dabei ein paar Leute an, rief andauernd »Sorry« und schaffte es gerade noch auf den Bahnsteig, bevor die Zugtür laut hinter ihr zuschlug.

Nachdem der Zug abgefahren war, wurde es verdammt still auf der kleinen Bahnstation. Kein Lüftchen wehte. Die Landschaft war ein Standbild: Kornfelder, Kiefernwald, Unkraut, in der Ferne ein Dorf, eine Pappelallee, die über einen Hügel hinweg zum Internat führte. Keine Menschen in Sicht außer einer rotmützigen Bahnwärterin, die in ihr hässliches Häuschen verschwand. Am Himmel näherte sich eine schwarze Wolkenwand. Lulu sehnte sich nach Abkühlung, nach einem Regen, der die schwüle Luft reinigte. Aber das Gewitter musste nicht ausgerechnet dann niedergehen, während sie den kurzen Weg zum Haus Lombardi zurücklegte. Sie beschloss, den Guss abzuwarten und sich neben dem Bahnwärterhäuschen unterzustellen.

Als sie um das quadratische Gebäude herumging, erkannte sie durch das Hitzeflimmern hindurch, dass der Bahnhof doch nicht so verlassen war, wie sie angenommen hatte. Am anderen Ende des Bahnsteigs sah sie die verschwommenen Umrisse eines Mädchens. Es war ungefähr so alt wie Lulu, saß auf seinem Koffer und beugte sich über einen Zeichenblock.

Lulu spürte, wie eine Welle der Erleichterung über sie hinwegschwappte. Zum ersten Mal an diesem Tag fühlte sie sich wirklich gut. »Jenny!«, rief sie. »Hey, Jenny! Was machst *du* denn schon hier?«

2

Lulu rannte auf ihre beste Freundin zu, mit der einen Hand zog sie dabei den Koffer hinter sich her, mit der anderen winkte sie fröhlich. Jenny reagierte nicht.

»Hey, Jenny«, wiederholte Lulu mit unsicherer Stimme, als sie bei ihrer Freundin angekommen war.

Jenny sah nicht hoch. Sie zeichnete, wobei ihr langes glattes rotes Haar fast den Block berührte. Wie oft hatte Lulu sie in dieser Haltung gesehen. Zeichnen war Jennys Leidenschaft – aber etwas war anders als sonst. Normalerweise ließ Jenny sich viel Zeit, ihre Motive abzubilden, ja, sie brauchte manchmal zwei, drei Minuten, bevor sie einen einzigen Strich machte. Heute bewegte sich ihr Kohlestift schnell wie die Nadel eines Seismografen. Und was sie da zeichnete … Einen Jungen, der sich vor einen fahrenden Zug warf. Ziemlich düster.

Mit einigen Sekunden Verzögerung schaute Jenny hoch. Als sie Lulu erkannte, breitete sich auf ihrem Gesicht ein Lächeln aus. Sie sprang auf und umarmte die Freundin.

»Hey, Lulu.«

»Hey selbst. Du hast es also auch nicht mehr zu Hause ausgehalten. Aber warum sitzt du hier auf dem Bahnsteig herum?«

»Ich zeichne. Ich hatte gerade so eine Inspiration«, erwiderte Jenny.

»Das sehe ich ... Ein Selbstmörder ... ein ziemlich düsteres Motiv, findest du nicht?«

»Man kann ja nicht immer nur Landschaften malen. Wie geht's dir? Etwas besser als vor den Ferien hoffentlich.«

Lulu war klar, worauf Jenny hinauswollte, aber sie mochte nicht darüber sprechen. Nicht jetzt.

»Einigermaßen.«

»Komm, lass uns gehen.«

»Wart mal, das Gewitter –«

»Ach, das zieht vorbei.« So war Jenny: immer spontan, nie lange grübelnd, obwohl sie sehr intelligent war. So eine Art Teenager-Pippi-Langstrumpf, aber modischer gekleidet. Dass sie ein Jahr jünger als Lulu war, spielte für beide Mädels keine Rolle, auch wenn sie nur wenige Gemeinsamkeiten hatten: Jenny zeichnete, Lulu sang lieber. Jenny war eher klein und unsportlich, Lulu war groß, schlank und ein Lauf-Ass. Jenny stand auf komische Typen, Sonderlinge wie Simon, Lulu mochte angesagte Jungs wie Lars. Was also verband die beiden? Sie mochten sich einfach, das war das ganze Geheimnis!

Sie machten sich auf den Weg. Tatsächlich behielt Jenny mal wieder recht – das Gewitter kam nicht näher. Allerdings verzog es sich auch nicht. Es schwebte in einiger Entfernung, so als würde es lauern und auf den richtigen Augenblick warten. Ein bleierner Schatten legte sich über die Felder und Donnergrollen rollte wie schwere Brandung heran. Aus schiefergrauen und schwarzen Geschwüren zuckten Blitze, die so weit weg waren, dass man sie schön finden konnte, und nah genug, um ihre tödliche Gewalt zu ahnen. Zuerst gingen sie die Pappelallee entlang, um auf schnellstem Weg ins Internat zu kommen, aber dann bog Jenny in einen kleinen Feldweg ein, der zum Dorf führte.

»Ich will noch ein paar Sachen einkaufen«, erklärte sie. »Knabberzeug, ein paar Breezer und so.«

Das Dorf Sommerfeld, umgeben von Wald und Kartoffeläckern, erweckte in vielen Stadtmenschen das leise Gefühl von Traurigkeit. Die meisten Häuser hätten mal einen neuen Anstrich vertragen – oder überhaupt einen Anstrich. Eine zum Fürchten hässliche evangelische Kirche, eine Autoreparaturwerkstatt und ein Tante-Emma-Laden gehörten zu den Highlights. Von den etwa zwölfhundert Einwohnern war an diesem brütend heißen Mittag kaum jemand auf der Straße. Ein dickbäuchiger Mechaniker schraubte mit seinem Lehrling an einem Motorrad herum, eine Greisin schnitt ihre welken Gartenblumen. Es herrschte absolute Stille.

»Das muss es sein, was die Leute Idylle nennen«, sagte Lulu, die sonst eigentlich nur ihre Joggingroute nach Sommerfeld führte. Sie hatte nichts für das Landleben übrig, hatte ihr ganzes junges Leben in Berlin zugebracht, bis sie vor zwei Jahren von ihren Eltern ins Haus Lombardi geschickt worden war. Kleine Dörfer, Wälder und weite Felder mochte sie nicht, sie machten ihr sogar ein bisschen Angst. Das lag an dieser großen Geräuschlosigkeit. Denn für das an Stimmengewirr und Verkehrslärm gewöhnte Hauptstadtkind Lulu waren Vogelgezwitscher, das Brausen des Windes und das Knarren der Bäume keine Unterbrechung der Stille, sondern eine Betonung derselben. Hinzu kam noch, dass sich über Sommerfeld eine fahle, gespenstische Dämmerung ausgebreitet hatte, die Schatten der Gewitterwolken.

»Mist!«, sagte Lulu, als sie an der Tür des Tante-Emma-Ladens rüttelte. Sie schaute auf die Kirchturmuhr. Es war erst kurz vor zwei, in Sommerfeld gab es noch die gute alte Mittagspause. Ladenschluss von zwölf bis drei.

»Ich hasse Dörfer«, murmelte Lulu. Als sie sich umdrehte, stand vor ihr ein Junge in ihrem Alter. Er war aus dem Dorf. Groß, dünn, aschblond, Mittelscheitel, Flaum auf der Oberlippe, und er trug einen Blaumann. So hatte sie sich Mechanikerlehrlinge immer vorgestellt. »Hi, ich bin Lennart.«

Lulu war so perplex, dass sie kein Wort herausbrachte. Sie kannte den Jungen nur vom Sehen, er hatte mal einen verlorenen Schlüssel von ihr gefunden und zurückgegeben. Sie mochte ihn trotzdem nicht. Warum, das war ihr nicht ganz klar. Er hatte etwas Verstörendes an sich … Die Art, wie er sie ansah … so fokussierend, durchdringend …

»Hi«, brachte sie endlich über die Lippen.

»Und du?«

»Was?«

»Wie heißt du?«

»Ich – äh – Lulu.«

Nach Jennys Namen erkundigte er sich nicht.

»Lulu«, flüsterte er vor sich hin, als wäre es der Musiktitel eines Nummer-eins-Hits. »Lulu. Lulu. Ist das ein Spitzname?«

»Ja.«

»Und dein richtiger Name?«

»Nur meine Oma nennt mich noch bei meinem Taufnamen.«

»Ich heiße Lennart.«

»Hast du schon gesagt. Mach's gut.« Sie zupfte Jenny am Ärmel. »Komm, wir gehen.«

»Ihr wolltet was kaufen, oder?«, fragte er ungeachtet der Tatsache, dass sie sich schon einige Schritte von ihm entfernt hatten.

»Ja, aber es ist geschlossen«, sagte Lulu. »Tschüs.«

»Ich kann euch reinlassen«, rief er.

»Reinlassen?«

»Das Schloss ist kein Problem für mich. Ich bin Mechaniker, das ist ein Klacks! Die Alte, der der Laden gehört, kriegt das gar nicht mit.«

»Cool«, sagte Jenny. »Ein paar Breezer wären nicht schlecht. Und Cola und Bacardi vielleicht? Salzstangen, Chips...«

»Jenny«, mischte sich Lulu ein, »wir reden über einen Einbruch!«

»Quatsch. Wir können das Geld ja auf dem Tresen liegen lassen.«

»Trotzdem ist es Einbruch.«

Während Lulu mit Jenny diskutiert hatte, war Lennart erfolgreich gewesen. Die Ladentür stand offen.

»Klingeling«, rief er gut gelaunt. »Immer hereinspaziert. Was darf es sein?« Vielleicht hätte Lulu sich bei jemandem, den sie mochte, auf dieses Spielchen eingelassen. Aber das war hier nicht der Fall. »Jenny, ich mache da nicht mit«, sagte sie. »Aber du kannst natürlich tun, was dir gefällt.« Sie machte kehrt, aber nach ein paar Schritten holte der Junge sie ein.

»Ich hab's nur gut gemeint«, sagte er traurig, und plötzlich tat er ihr ein bisschen leid. Vielleicht war sie ihm gegenüber nicht ganz gerecht gewesen. Außer dem Herumgeschraube an Motoren und Einbrüchen in Tante-Emma-Läden hatte er vermutlich wenig Abwechslung in seinem Leben. Lulu lächelte ihn freundlich an. »Schon gut, ich nehme es dir nicht übel.«

Sie wollte weitergehen, doch er versperrte ihr den Weg.

»Ich mach's wieder gut. Eine Rundfahrt mit meinem Moped?«

»Nein, danke.«

»Essen in der Pizzeria?«

Lulu schüttelte den Kopf. Plötzlich ging ihr das alles furchtbar auf die Nerven: die drückende Hitze, das schwere Gepäck, das in der Ferne grollende Gewitter, die geschlossene Ladentür, zwei Glockenschläge des Kirchturms, der nervige Junge … Sie sehnte sich nach ihrem Zimmer im Haus Lombardi, einer kalten Dusche und einer ungestörten Stunde auf dem sauberen, weißen Bettlaken. Wäre es nur schon Abend. Wäre bloß schon die letzte Ferienwoche vorbei. Wäre bloß schon das neue Schuljahr geschafft, dann wäre sie achtzehn und könnte machen, was sie wollte – als Erstes die verhasste Schule verlassen!

»Hör mal – äh …«

»Lennart«, sagte er.

»Lennart. Du bist bestimmt ein lieber Kerl, aber ich habe einen Freund. Da kommen Ausflüge mit der Knatterbüchse und Candle-Light-Dinner bei Luigi nicht so gut an, verstehst du?«

Dafür, dass Lulu schlechte Laune hatte, war ihre Ablehnung freundlich gewesen, und endlich ließ er sie gehen, wenngleich er den beiden Mädchen nachschaute, bis sie außer Sicht waren. Jenny schritt schweigsam vorweg, Lulu trottete lustlos hinterher. Noch immer grollte das Gewitter. Über dem Wald hing ein grauer Regenschleier, aber es war nicht kühler geworden, sondern noch drückender. In der Ferne, über den Wiesen, stieg Dunst auf. Nach ein paar Hundert Metern kam das Schulgebäude in Sicht, ein traditionsschweres Herrenhaus. Immer wenn Lulu es nach einer Weile zum ersten Mal wieder erblickte, überkam sie ein depressiver Schauer. Ein paar Tropfen fielen vom Himmel, ohne dass es richtig regnete. Lulus Shirt war durchgeschwitzt, die Haare klebten an ihrer Stirn, ein Rad des schweren Rollkoffers klemmte und Lulu gab diesen Tag bereits vollständig verloren. Und das Schlimmste war, dass er vielleicht sogar zu den besseren der nächsten Zeit gehörte. Am liebsten hätte sie sich auf der Stelle in den Schatten eines Baumes gesetzt und ausgiebig geweint, um alles rauszukriegen, was an Frust und Mutlosigkeit in ihr war. Doch die Zukunft konnte man leider nicht einfach wegweinen oder mit Tränen besänftigen, man konnte sie nur durchstehen. Lulu riss sich die letzten Meter bis zum Haus Lombardi zusammen.

Jenny und sie gingen in eines der modernen Nebengebäude, das den weiblichen Schülern vorbehalten war. Dort trennten sich ihre Wege. Im komfortablen Haus Lombardi hatte jedes Mädchen ab sechzehn sein eigenes Zimmer.

»Willst du *wirklich* nicht reden?«, fragte Jenny vor dem Abschied.

Lulu verneinte stumm und rang sich ein verzweifeltes Lächeln ab. »Trotzdem, danke.«

Nachdem sie die Tür hinter sich geschlossen hatte, überkam sie zum ersten Mal, seit sie vor drei Jahren ins Internat gekommen war, ein Gefühl der Fremdheit: *Hier gehöre ich nicht hin.* Das war sonderbar. Ursprünglich hatte sie sich gegen das Internat gesträubt, noch dazu am Ende der Welt, aber dann hatte sie sich zu ihrem eigenen Erstaunen doch gut eingelebt, und mehr als das, sie war beliebt geworden – später sogar tonangebend, obwohl sie sich gar nicht vorgedrängt hatte. Sie wurde die gewählte Kapitänin der Frauen-Volleyballmannschaft des Hauses Lombardi, Schülersprecherin, Redakteurin der Schülerzeitung. Weil ihre Noten nur gut, aber nicht überragend waren, galt sie nicht als Streberin, und weil sie es vermied, sich nur einer einzigen Clique anzuschließen, hatte sie keinen Stress – außer mit dem Hausmeister, den sie mit spontan organisierten, nicht genehmigten Partys in der Turnhalle schrecklich nervte. Für alle anderen war sie so eine Art Schnittstelle, eine Instanz und für einige sogar ein Idol. Das alles passierte einfach ohne großes Zutun ihrerseits. Wenn sie jetzt zurückdachte, war es die beste Zeit ihres Lebens gewesen.

Dann war Lars hinzugekommen, der coolste Typ der Schule.

Und dann Niko.

Und dann das Elend.

So, nun musste sie also doch wieder daran denken. Man konnte schlimme Gedanken nicht lange unterdrücken. Höchstens mit viel Arbeit, aber was hätte Lulu tun sollen, jetzt, eine Woche vor Schulbeginn?

Sie seufzte. Als sie sich mit dem Kopf gegen die Fensterscheibe lehnte, um Trübsal zu blasen, sah sie wieder diesen Dorfjungen, Lennart. Er stand direkt unter ihrem Fenster und sah zu ihr hoch.

Sie war eigentlich nicht schreckhaft, aber sie erschrak. Dem würde sie die Meinung sagen! Um das Fenster öffnen zu können, musste sie ein paar CDs und anderen Kram wegräumen, und als sie sich über den Sims nach draußen beugte, war der Junge verschwunden.

Ganz gegen ihre Gewohnheit schloss sie an diesem Tag die Tür von innen ab, bevor sie sich für eine Stunde aufs Ohr legte.

MONIQUE

Lulu und Lars? Hört sich schon unecht an, finde ich, und so war es dann auch. Irgendwie künstlich. Ich meine, die ach so großartige Lulu und dann auch noch Lars, Mister Perfect, der Zehnkampfkönig, werden ein Paar. Große Schnulze und so. Das war Fake wie alle Schnulzen. Gut, kann sein, dass die beiden anfangs geglaubt haben, sie würden sich lieben, aber doch nur, weil das fast alle auf der Schule irgendwie von ihnen erwartet haben. Da gibt es die hübsche Lulu, sportlich und absolut angesagt, und dann taucht plötzlich das genaue männliche Gegenstück auf – ist doch klar, dass die auf den ersten Blick zusammenpassen wie Beckham und seine Tussi. Sie haben eine Rolle gespielt und es noch nicht mal gemerkt. Denn alle wussten, das muss so sein.

Daran ist auch das Internat schuld. Alles Fassade, von A bis Z und vom Keller bis zum Dachboden. Da ist mehr als eine Leiche begraben …

Okay, sorry, der Vergleich war jetzt blöd. Echt sorry.

* * *

Ich wollte ja nur sagen: Die Scheinheiligkeit ist im Haus Lombardi Programm. Meine Eltern, die sonst den lieben langen Tag nix zu tun haben, außer sich in Jachthäfen und Golfplatzclubs das Blut mit Champagner zu verdünnen, haben sich neulich doch tatsächlich mal ernsthaft beschäftigt und die Geschichte vom noblen Haus Lombardi recherchiert.

Der Erbauer war so ein Biedermeier-Graf, achtzehnhundertschießmichtot, der in irgendeiner Schlacht die Beine weggeschossen bekommen hat und dann zu trinken und zu zocken anfing. Mit jedem Gläschen, das er sich gönnte, und jedem Spielchen, das er machte, verlor er quasi ein paar Quadersteine oder Dachziegel seines Hauses, und als er auch die letzte Gardine verpfändet hatte, jagte er sich eine Kugel in den Kopf. Danach wurde es zum Lungensanatorium umgewandelt, in dem die ganz hoffnungslosen Fälle dahinsiechten, über die man bis zuletzt Optimismus auskippte, und im Jahre 1902 kam ein Mädchenpensionat für Kinder aus armen Familien da rein. Klingt ja erst mal toll – wo man die Schülerinnen allerdings windelweich prügelte, wenn sie nicht spurten. Ab 1937 nutzten die Nazis es als Schulungszentrum für ihren Führungsnachwuchs. Nach dem Krieg stand es fast fünfzig Jahre leer und verfiel, bis es 1992 als Internat wiedereröffnet wurde.

Das nur mal als kleine Einführung in Lombardis glorreiche Historie. Irgendwie steckt da der Teufel ganz offensichtlich schon im Mörtel.

* * *

Ist ja auch kein Wunder. Wenn ein Haus so jwd steht, irgendwo in der Pampa, dann lädt das geradezu ein, Sauereien zu machen, oder? Guckt ja keiner hin. Und das Dorf zählt nicht, da wohnen nur Alte und Beschränkte. Eigentlich ein Witz: Ein Nobelinternat, das in seinem Hochglanzprospekt mit modernster Pädagogik und bester Ausstattung wirbt, ist von Kartoffelbauern umgeben. Das wäre so, als würde man seine Villa mitten im Slum bauen. Aber na ja, mir soll's egal sein. Jedenfalls hatten die Dörfler nix mit uns und wir nix mit ihnen zu tun. Wir sind immer schön unter uns geblieben, wie es ja auch das pädagogische Konzept vorsah. Wir sind eine Gemeinschaft, wir halten zusammen, gleich und gleich gesellt sich gern ... Aber in unserem Fall fing damit schon das Unglück an. Ja, das sag ich ganz offen. Denn wer sind wir denn? Kinder von Eltern, die mit Egoismus reich geworden sind. Wir erben eines Tages ihr Geld, ihren Egoismus haben sie uns schon längst vererbt. Neunzig Prozent von uns sind Söhne und Töchter, die man fortgeschickt hat, damit sie in Zukunft mal Notare und Investmentbanker, Pianistinnen, Talkmasterinnen und Schlossbesitzerinnen werden. Man hat uns abgeschoben. Wir sollen verdammt noch mal erfolgreich werden, damit man im Club mit uns angeben kann. Und einhundertzwanzig von solchen halbwüchsigen Gefühlskrüppeln lässt man in der Pampa in ihrem eigenen Saft schmoren! Das konnte nicht gut gehen – und ist es dann ja auch nicht.

3

Lulu erwachte aus einem Albtraum. Ihr war dieser seltsame Dorfjunge erschienen und sie war vor ihm weggerannt.

Sie rappelte sich hoch, ging zum Fenster und öffnete es. Es war niemand zu sehen. Zwischen dem Nebengebäude und dem Haupthaus erstreckte sich ein sattgrüner englischer Rasen, der jeden Tag sorgfältig gewässert wurde, mit bunten Inselchen aus Rosen und Hortensien. Ein Bild des Friedens. Seitlich lag der See, ungefähr so groß und verästelt wie ein ganzes Dorf. Sein Wasser war glatt und stahlgrau, nur an den Rändern spiegelte sich das dunkle, spätsommerliche Grün der Bäume. Der Waldrand verlief direkt am Ufer, er war eine lebendige, raschelnde Mauer, die verbarg, was hinter ihr geschah.

Lulu schüttelte die letzten Traumreste ab, klatschte sich eine Handvoll Wasser ins Gesicht, kämmte sich die langen Haare und steckte sie notdürftig hoch. Sie überlegte, bei Jenny vorbeizuschauen, entschied sich dann aber anders. Stattdessen schnappte sie sich ein Handtuch, nahm den Hinterausgang ins Freie und steuerte direkt auf das seitliche Seeufer zu. Ein Weg führte in den Wald. Bei den Schülern hieß er »Lovers Lane«, weil sich dort die Liebespärchen trafen. In den kleinen Buchten, die sich in hübschen Abständen aneinanderreihten, konnten Paare es sich auf einer Decke bequem machen und zwischen den Küssen auf das glitzernde Wasser schauen. Es wuchs gerade so viel Gestrüpp, dass man unbeobachtet war – oder zumindest glauben konnte, es zu sein. Und damit nicht genug: Zwei murmelnde Bachläufe, die aus dem Wald in den See flossen, ein kleiner Wasserfall und kolossale, bemooste Felsen verliehen der Lovers Lane den kitschigen Zauber eines Märchenfilm-Settings.

An diesem Nachmittag jedoch war es dort fast unerträglich. Die Luft stand, der See schien die Hitze geradezu auszudünsten und die Stechmücken schwirrten und sirrten von allen Seiten auf Lulu zu. Erst als Lulu sich bis auf die Wäsche auszog und in den See gleiten ließ, konnte sie sich auf das konzentrieren, weshalb sie diesen Ort eigentlich aufgesucht hatte.

Lars und Niko. Niko und Lars. Niko. Lars.

Sie hatte nun eine Woche Zeit, um in Ruhe über alles nachzudenken. Um zu sich zu kommen. Um eine Entscheidung zu treffen. Eine Woche ohne Eltern, die glaubten, in kurzer Zeit das aufholen zu müssen, was sie ein ganzes Jahr lang versäumten. Sieben Tage ohne die neugierigen Blicke der Mitschüler.

Sie schwamm ein paar Züge, betrachtete das bewaldete Ufer und das eindrucksvolle, ein wenig düstere Schulgemäuer, dann ging ihr Blick über den ganzen See, und von allen Seiten fielen die Erinnerungen über sie her wie vorhin die Mücken: der erste Kuss mit Lars in der Lovers Lane, dem viele, viele folgten.

Im Ruderboot mit ihm, seine starken Arme ließen sie einmal quer über den See gleiten; sein erstes Geschenk an sie, ein Goldkettchen mit Herz; ein Liebesbeweis, eingeritzt in einen Baumstamm: L + L = DREAMTEAM. Von dort, wo Lulu schwamm, konnte sie es erkennen und es bohrte sich wie ein Messer in ihre Brust. Dieser Schmerz, den sie geradezu körperlich spürte, erschreckte sie und sie kraulte instinktiv zum Ufer zurück.

Als ihr das Wasser nur noch bis zu den Knien ging, setzte sie sich, lehnte sich zurück und sah zum Himmel, der merkwürdig blass geworden war. Ihr Herz kam ihr so schwer vor, dass sie es sich am liebsten herausoperiert hätte. Seltsam, dachte sie, dass ihr Niko damals kaum aufgefallen war, obwohl es sich um Lars' besten Freund handelte. Vielleicht gerade deswegen. Beste Freunde waren irgendwie tabu. Ein halbes Jahr lang hatte Lulu quasi durch Niko hindurch- und über ihn hinweggesehen. Kaum, dass sie mal zwei Minuten am Stück mit ihm gesprochen hatte, meistens über Musik. Niko konnte nämlich ziemlich gut singen, und er komponierte auch eigene Songs, die er dann und wann auf einem Schulkonzert vorspielte.

Dann kam *der* Moment. Als er in der Musikstunde, in der auch Lulu war, ein eigenes Liebeslied vorsang, sah er sie auf eine Weise an, die sie sofort verstand. Sie versuchte sich gegen das, was sie fühlte, zu wehren, aber wie wehrt man sich gegen einen Blitzschlag? Und es war tatsächlich, als schlüge der Blitz ein …

Lulu zuckte im Wasser unter einem Donnerschlag zusammen, der unvermittelt auf den See herunterkrachte. Das Gewitter hatte sich von hinten angeschlichen. Sie tapste die paar Schritte zum Ufer zurück, trocknete sich kurz ab und zog sich das T-Shirt über. Dann, zusammen mit dem zweiten Donner, hörte sie raschelndes Laub, Schritte. Sie fuhr herum. Noch war im Gewirr des Waldes niemand zu sehen.

Hallo, wollte sie rufen. Und: Wer ist da? Aber sie rief gar nichts. Gebannt blickte sie in die Richtung, aus der die Geräusche kamen. Sie erwartete jeden – Jenny, Lars, Niko, den komischen Dorfjungen –, aber nicht den Mann, der plötzlich hinter einem Baum hervorkam. Es war Petzold.

FELIX

So viel steht mal fest, die Sache mit Petzold, unserem Sportlehrer, war ein ganz krummes Ding – aber keiner weiß, wer nun eigentlich der Gangster in dieser Geschichte war. Ich bin da nur zufällig reingeraten und hatte auch nur eine Nebenrolle. Bin mit einem Joint erwischt worden, so hat es angefangen.

Oh Mann, wie die Lehrer sich immer anstellen, wenn man ein bisschen Gras raucht. Für die ist man dann gleich ein Suchti, der jeden Abend eine Tankstelle überfällt, um die Kohle für den Stoff herbeizuschaffen. Das ist so was von hohl. Die haben ja keine Ahnung! Die wollen uns beispielsweise zu Börsenmaklern machen – aber was glauben die denn, wohin Börsenmakler nach Dienstschluss mit ihrem Porsche fahren! Die lassen sich in Bars mit schweineteurem Bourbon volllaufen. Und die Hälfte der Filmproduzenten kokst. Mein Vater ist Anwalt, meine Mutter

Psychologin, beide haben ihre Praxen am Starnberger See. Muss ich noch mehr sagen? Was ich da als kleines Kind schon alles mitgekriegt habe … Münchner Chirurgen, die sich morgens mit Aufputschmitteln und abends mit Tranquilizern vollstopfen, als wären es Schokonüsse. Showmasterinnen des Bayerischen Rundfunks, die auf der Toilette den Flachmann aus dem Dirndl hervorziehen …

Hatte so meine Lausch-Methoden, abwechselnd bei meinem Vater und meiner Mutter. War echt funny, hab die dummen Vorzimmerdamen immer ausgetrickst und die Beichten mitangehört. Apropos Beichte, da war ein Bischof, der … Okay, okay, ich bin vom Thema abgekommen. Aber eigentlich auch wieder nicht. Denn als ich im Wartezimmer vom Rektor saß … Logisch, was jetzt kommt, oder? Na klar hab ich gelauscht. Wieso auch nicht? Im Haus Lombardi haben wir ja immer vorgebetet bekommen, dass wir unsere Stärken entdecken und pushen sollen. Na also, Lauschen ist halt mein Spezialgebiet. Was kann man damit werden? Wirtschaftsspion? Geile Sache!

Okay, ich sitze also in diesem bescheuerten Wartezimmer, wo es von Kandinsky-Kalenderbildern so wimmelt, dass man davon plemplem werden und sich einen Termin bei meiner Mutter geben lassen könnte. Lulu ist auch da. Ich hab versucht, mit ihr ins Gespräch zu kommen, aber sie war irgendwie schlecht drauf. Da bin ich neugierig geworden. Hatte es etwas mit den Gerüchten zu tun, die über sie im Umlauf waren? Also, Lulu wird vor mir zum Rektor gerufen, und kaum ist sie weg, gehe ich auf die Flurtoilette, stopfe das Waschbecken im Frauenklo mit Klopapier zu und drehe den Wasserhahn auf. Keine drei Minuten später großes Geschrei auf dem Flur und die Vorzimmertussi rennt hektisch zum Hausmeister. *Others misery is my opportunity.* Ich schaffe es, die Tür zum Zimmer des Rektors einen Spalt weit zu öffnen, und keiner kriegt was mit. Und dann höre ich, wie Lulu sich beschwert, weil der Sportlehrer sie betatscht hat.

* * *

Okay, ich bin ein Junge und kann deswegen nicht wissen, wie das ist, sexuell belästigt zu werden. Trotzdem behaupte ich, dass es für ein Mädchen Schlimmeres gibt, als dass Stefan Petzold auf einen steht. Er ist ziemlich jung, nur sieben Jahre älter als Lulu, und hat echt was drauf. Bei den Volleyball-Landesmeisterschaften hat er die Schulmannschaft der Mädchen zum Sieg geführt und die der Jungs zum zweiten Platz. Er kann Karate und am Reck wirbelt er wie ein Propeller herum. Der hat Saft in den Knochen. Ich kenne fünf Mädels, die total auf ihn abfahren, und ich gehe jede Wette ein, dass ihn noch ein paar mehr heimlich mit dem Handy filmen, wenn er lächelnd in einem engen Shirt über den Schulhof geht. Mann, der sieht aus, als könnte er Werbung für ein Partnerinstitut machen, da könnte selbst jemand wie ich Komplexe kriegen. Ich will zwar noch gar nicht dran denken, aber wenn ich mal fünfundzwanzig bin, würde ich gerne wie er aussehen, dann könnte mir keine von den Chicks widerstehen.

* * *

Letztes Jahr hat er geheiratet, ziemlich früh, finde ich. Seine Frau war schwanger, vielleicht ist das der Grund gewesen. Ich fand sie nicht besonders hübsch, er hätte was Besseres kriegen können. Ab und zu holte sie ihn von der Schule ab, sie haben zwanzig Kilometer entfernt in einer Kleinstadt gewohnt. Alles Friede, Freude, Eierkuchen.

Und dann das!

* * *

Lulu sitzt also beim Rektor und erzählt ihm, dass sie sich am Barren verbessern wollte und deswegen in der Sporthalle trainiert hat. Ohne Aufsicht ist das zwar nicht erlaubt, aber wen interessiert das schon. Die Turnhalle ist nicht gerade der Tower of London. Da gibt es eine morsche Tür, die … Ist ja egal. Jedenfalls – Petzold hat sie erwischt. Sie hat ihn gebeten, sie nicht zu verraten, er hat es ihr versprochen, es ging ein paar Sätze hin und her – und dann hat Petzold sie angegrapscht, vorne, hinten, oben, unten, überall. Sagt Lulu. Nach dem ersten Schreck hat sie sich angeblich gewehrt, und als er sie küssen wollte, hat sie wie wild geschrien. Dann hat er sie in Ruhe gelassen und sie ist weggerannt. Schnurstracks zum Rektor. So weit Lulus Version.

* * *

Als ich sie belauschte, war sie zum zweiten Mal wegen dieser Sache beim Rektor. Der Alte hatte inzwischen mit Petzold gesprochen, und der hat alles abgestritten. Hat gesagt, dass er Lulu in der Halle erwischt hätte und sie melden wollte und dass sie ihn deswegen anschwärzt. Ist ja klar – wer würde Lulu noch wegen unbefugten Betretens ans Bein pinkeln, wenn sie knapp einer Vergewaltigung entgangen ist. Keiner! Scheiß Situation, was? Wem glauben? Zeugen gab es nicht. Mann, so habe ich den Rektor noch nie stottern hören. Der hat sich häufiger geräuspert als ein Rentner mit Rachitis. Vor lauter Nervosität hat er einen Bleistift zerbrochen und ich hab mich am anderen Ende des Türspalts fast weggeschmissen.

Sein Gestammel lief zusammengefasst darauf hinaus, dass er Lulu nicht recht glaubte, weil Petzold ein verheirateter Mann und bald Vater wäre. Hä? Hallo? Als hätten Ehering und Vaterschaft einen Womanizer jemals monogam gemacht. Ist ja ganz was Neues. Gibt's wohl nur in schnulzigen Filmen mit braun gebrannten Sonnyboys, und das ist exakt die Umlaufbahn, auf der unser guter Rektor seine geistigen Kreise dreht. Dann hat der Alte im weinerlichen Ton von der Schule gelabert. Macht sich halt nicht gerade gut, wenn ein Nobelinternat in den RTL News auftaucht – unter der Rubrik »Verführung Minderjähriger«. Und dann kam das Beste: Der Typ sagt ihr doch tatsächlich, dass selbst wenn sich alles so zugetragen hat, wie sie erzählt, sie ja nicht ganz unschuldig an der Sache ist. Denn – aufgepasst! – es gäbe da ja diese Gerüchte, dass sie gerne auch mal mit mehreren Männern gleichzeitig …

Lulu ist hochgegangen wie ein Feuerwerkskörper, und leider hat der Alte dann nach seiner Sekretärin gerufen und ich musste verschwinden. Nach Lulus Explosion hatte er keinen Bock mehr auf mich. Ich bekam einen Termin für den Abend, bin eine Viertelstunde zu spät gekommen, hab mir wegen der Verspätung seinen Rüffel eingefangen, und noch während er quasselte, zündete ich mir genüsslich einen Joint an. Um das Gesicht noch mal zu sehen, würde ich auf Sex mit Emma Watson verzichten. Ein Wunder, dass sein Herzschrittmacher nicht stehen geblieben ist.

Er sagte: »Sie wollen wohl unbedingt von der Schule fliegen?«

Ich sagte: »Wenn ich das der Polizei melde, was ich vorhin zwischen Ihnen und Lulu Ferber mitangehört habe, gibt es bald keine Schule mehr, von der ich fliegen könnte.«

Fünf Sekunden später war unser Gespräch beendet.

* * *

Ich weiß nicht, wie er das hingekriegt hat, denn eigentlich lässt sie sich sonst nicht so leicht einschüchtern, aber Lulu hatte vom Rektor einen Maulkorb verpasst bekommen. Meine Theorie ist, dass er ihr Aufklärung versprochen hat und bis dahin Verschwiegenheit erwartete, und soviel ich weiß, hat sie tatsächlich die Klappe gehalten.

Ich nicht.

4

Der Regen prasselte auf das Laub nieder, binnen Sekunden rauschte der Wald. Böen zerrten an den Baumkronen und ließen die Äste knarren. Lulu stand am Seeufer und sah Stefan Petzold mit einem breiten Grinsen auf sich zukommen. Auch das noch.

»Lulu«, sagte er. »Wie schön, Sie wiederzusehen. Willkommen zurück.«

Ihr war danach wegzulaufen. Petzold war ihr nicht geheuer und außerdem ekelte sie dieser Typ an.

Vermutlich war sie die Einzige auf der Schule, die solche negativen Gefühle für ihn hegte. »Guten Tag«, sagte sie, drehte sich um und wollte zurück in den See, weg von dem Lehrer.

»Nicht so schnell, Lulu«, sagte er, noch immer grinsend. »Ich habe derzeit die Aufsicht, und ich musste feststellen, dass Sie sich bei Ihrer Ankunft im Haus Lombardi nicht wie vorgeschrieben in die Anwesenheitsliste eingetragen haben.«

»Ich werde es nachholen.«

»Sehr freundlich, aber zu spät. Eigentlich müsste ich Ihnen einen Verweis erteilen.«

»Wenn Sie das glücklich macht ...« Sie tauchte in das Wasser ein und schwamm ein paar Züge vom Ufer weg. Petzold folgte ihr auf dem Landweg.

»Mich beim Rektor zu melden, war nicht nett«, rief er.

»Was Sie in der Turnhalle abgezogen haben, war auch nicht nett«, erwiderte sie, ohne ihn anzusehen. Sie versuchte sich ganz auf das Schwimmen zu konzentrieren.

»Ich entschuldige mich dafür. Ich habe wohl etwas missverstanden. Aber ehrlich, dass Sie es überall in der Schule herumerzählt haben, war böse.«

»Ich habe nichts herumerzählt.«

»Sie lügen!«

»Ich lüge nicht.«

Auch sie hatte sich gefragt, wie der Vorfall öffentlich werden konnte. Weder der Rektor noch Stefan Petzold hatten ein Interesse daran, und außer ihr wusste nur Jenny davon – und der vertraute sie hundertprozentig. Erst als der Skandal schon in aller Munde war, hatte sie mit Lars und Niko darüber gesprochen – logisch, ging ja nicht mehr anders. Lars war sofort auf hundertachtzig gewesen. So hatte sie ihn noch nie erlebt.

»Dem schneide ich die Eier ab!«, hatte er zornig gerufen, und es hatte eine ganze Weile gedauert, ihn wieder zu beruhigen. Niko hatte völlig anders reagiert, sie fest in den Arm genommen und lange gehalten.

»Ich habe ziemlichen Ärger mit meiner Frau bekommen«, rief Petzold. »Jemand hat ihr einen Brief geschrieben, anonym, aus Zeitungsbuchstaben zusammengesetzt. Davon wissen Sie wohl auch nichts?«

»Ganz recht.« Lulu dachte: Geschieht ihm recht, diesem arroganten Muskelprotz und Schönling. Aber sie hatte seiner Frau keinen Brief geschrieben.

»Wenn Sie mit ihr mal unter vier Augen reden könnten, so unter Frauen, und ein dummes Missverständnis zugeben, dann würde ich mich erkenntlich zeigen. Sie haben mir mal erzählt, dass Sie unbedingt auf eine Sportuniversität wollen. Ist ziemlich schwer, fast aussichtslos. Aber ich kann mich für Sie einsetzen, Ihre Noten verbessern. Eins plus und so.«

Petzold konnte ihr nicht mehr folgen. Sie kraulte noch schneller und er hatte zu viele Hindernisse am Ufer. Schließlich musste er auf den Waldweg zurückkehren. Lulu hatte ihn abgehängt. Sie schwamm wieder zurück, trocknete sich ab, zog sich an und ging über einen Umweg zum Haus Lombardi zurück.

Wie oft hatte sie sich schon geärgert, damals zum Rektor gegangen zu sein. Es hatte überhaupt nichts gebracht, im Gegenteil, es hatte den Gerüchten, die sowieso schon herumgegangen waren, nur noch mehr Nahrung gegeben. Als hätte sie nicht schon genug am Hals! Und jetzt hatte dieser Idiot auch noch die Aufsicht für die Woche bis Schulbeginn, in der sie eigentlich ihre Ruhe haben wollte, Zeit zum Nachdenken.

Nach ein paar Minuten Fußmarsch war Lulu schon wieder völlig verschwitzt. Der kurze Regenguss hatte keine Milderung gebracht, die Luft schien ihr sogar noch heißer und feuchter geworden zu sein und der Waldboden fing zu dampfen an. Sie begegnete keinem Menschen mehr, von Petzold keine Spur.

Als sie schließlich vor ihrem Zimmer im Wohngebäude angekommen war, stutzte sie. Die Tür war geschlossen, aber nicht verschlossen. Hatte sie es einfach vergessen? Sie erinnerte sich nicht mehr genau, aber es wäre das erste Mal gewesen, dass sie so nachlässig war.

Sie öffnete die Tür, ging einen Schritt in das Zimmer hinein – und sofort wieder zurück.

Der Boden war voller Blut.

5

Eine Blutspur, ein Rinnsal, führte von der Tür bis zu Lulus Bett, so als habe man einen Toten oder Verwundeten weggeschleppt. Ihr erster Gedanke war, Hilfe zu holen. Sie könnte zum Sekretariat gehen. Oder den Hausmeister rufen. Aber wozu? Das Zimmer war leer. Es gab keinen Toten, keinen Verwundeten. Sie war sicherlich Opfer eines bösen Streiches geworden. Was denn sonst? Vor den Ferien hatte es schon mal ein paar Vorfälle gegeben, ganz harmlos alles in allem, aber doch ärgerlich. Allerdings – dieser neueste Streich war schon krasser. Wenn sie die Sache meldete, würde sie die Runde machen, das war doch klar, und Lulu würde mal wieder den Gesprächsstoff liefern. Und ganz bestimmt käme jemand auf die Idee zu behaupten, sie selbst hätte ihr Zimmer verunstaltet, um sich als Mobbing-Opfer darzustellen, oder irgendwas in der Art.

Langsam ging sie am Rinnsal entlang und blieb vor dem Bett stehen, wo die Spur endete – oder begann. Die Bettdecke, die sie vor einer Stunde aufgeschlagen hatte – da war sie sich sicher –, war nun vom Fußende bis zum Kopfkissen ausgebreitet. Sie ergriff den Zipfel der Decke. Doch sie zögerte, die Decke aufzuschlagen.

Vielleicht sollte sie Jenny rufen? Sie griff nach dem Handy … in letzter Sekunde entschied sie sich anders. Das würde sie alleine durchstehen.

Sie schlug die Decke auf.

Auf dem Laken war ein dunkelroter, kreisrunder Fleck.

Sie roch daran. Er war eisenhaltig.

Das war Blut, echtes Blut.

Lulu entschloss sich, die Sache nicht zu melden. Bloß kein Aufsehen. Es war keiner verletzt worden, jedenfalls kein Mensch, davon war sie fest überzeugt. Jemand hatte ein Kaninchen angestochen, oder so. Schlimm genug, aber man würde denjenigen sowieso nicht finden. Außerdem würde Petzold sich das Geschmiere ansehen wollen, und dass dieser Kerl sich in ihrem Zimmer, vor ihrem Bett herumtreiben würde, passte Lulu überhaupt nicht. Also wischte sie das ganze Kaninchenblut – oder was es sonst war – vom Boden auf. Sie brauchte eine ganze Sechserpackung Papiertaschentücher dafür. Es war eine eklige Angelegenheit, aber Lulu war nicht empfindlich, und nach einer halben Stunde war der Boden wieder sauber. Nun musste sie nur noch das Laken und die Bettdecke waschen, die Matratze war zum Glück verschont geblieben.

Im Haus Lombardi gab es natürlich einen Wäschereiservice,

der allerdings erst zu Schulbeginn wieder seine Arbeit aufnehmen würde. Doch im Keller von Lulus Wohngebäude standen drei Waschmaschinen, die man mittels einer Chipkarte in Betrieb nehmen konnte. Alles hochmodern. Auch der Keller selbst war alles andere als muffig, sondern wirkte steril wie ein Krankenhaus. Es roch nach Putzreiniger und nach Bodenbelag aus Plastik.

Die Waschküche lag ganz am Ende eines langen, schlecht beleuchteten Ganges, hinter einer schweren Tür, die immer offen stand. Eine der Neonröhren an der Decke flackerte bereits seit einem halben Jahr. Oft schon war Lulu dort unten im Waschraum allein gewesen und hatte sich an die unheimliche Atmosphäre gewöhnt, aber gemocht hatte sie sie nie. Man hörte immerzu Geräusche – ein Generator fing zu brummen an, eine Anlage schaltete sich automatisch mit einem Klacken um, ein getrocknetes Blatt wurde von einem Luftzug über den Boden getrieben ... Der Hall des langen Ganges verstärkte jedes Säuseln um ein Vielfaches. So auch an diesem Tag. Irgendwo fielen Tropfen in einen Eimer, und es gab auch ein merkwürdiges Kratzen, wie von einer Maus. Lulu war es jedoch gewohnt, sich ihren Ängsten zu stellen, und wenn sie vor einer flackernden Neonröhre und ein paar Wassertropfen davongelaufen wäre, hätte sie sich Vorwürfe gemacht.

Sie stopfte das Laken in die Wäschetrommel, gab Pulver dazu und stellte das Gerät an. Gehorsam begann es, seine Arbeit zu tun – und würde neunzig Minuten dafür brauchen. Lulu wollte gerade wieder nach oben gehen, als die Tür der Waschküche mit einem lauten Knall hinter ihrem Rücken zufiel.

»He!«, rief sie und rannte zur Tür. Es gab kein Schloss und keinen Griff, nur einen Knauf. Lulu zog daran, aber die Tür bewegte sich nicht.

»Das gibt's doch nicht!«

Die Tür war noch nie geschlossen gewesen, immer geöffnet und mit einem Haken an der Wand befestigt. So einfach von allein löste sich so ein Haken nicht.

»Aufmachen! Los, aufmachen! Das ist jetzt nicht mehr lustig. Wer ist da?«

Lulu hatte das Gefühl, als würde jemand auf der anderen Seite der Tür stehen. Sie hielt ihr Ohr an das kalte Metall, horchte … Hörte sie Atemgeräusche? Sie war sich nicht sicher, die Waschmaschine machte zu viel Lärm.

»Verdammter Idiot, wer immer du bist«, fluchte sie und hämmerte mit der Faust gegen die Tür. Ihr Handy hatte im Keller keinen Empfang. Sie sah sich um. Es gab keinen zweiten Ausgang, aber es gab Lüftungsschächte. Wenn sie laut genug schrie, würde man sie früher oder später hören. Und so schrie sie um Hilfe.

Es verging mehr als eine Stunde, bis sie hörte, dass jemand den Keller betrat. Immer wieder hatte sie gerufen, aber sie erhielt keine Antwort.

»Lulu?«, rief eine Stimme. »Lulu, bist du das?«

»Hier! Ich bin hier in der Waschküche.«

Ein paar Sekunden später öffnete sich endlich die Tür.

»Niko!«, rief sie und fiel ihm um den Hals, küsste ihn. »Du kommst genau im richtigen Moment. Ich war eingesperrt in dieser blöden Waschküche.«

»Ich habe dich zufällig rufen hören. Du machst ja Sachen …«

»Ich war das nicht! Ich schwöre dir, wenn ich denjenigen kriege, dann …«

Plötzlich hielt sie inne. Nikos Augen beruhigten Lulu. Sie lächelten, hatten etwas Jungenhaftes und zugleich Reifes. Er hatte die Eigenschaft, Lulus Temperament immer auszugleichen.

Ging sie in die Luft, holte er sie langsam runter, war sie müde und gleichgültig, kitzelte er sie auf.

Er küsste sie, ohne etwas zu sagen – und das, wo sie sich eine ganze Weile nicht gesehen hatten. So war Niko oft: schweigsam. Er hatte viel zu sagen, schaffte es aber, das viele in wenig Worte zu packen – oder in Gesten, Berührungen, Blicke. Oder in Songs. Niko war ein Phänomen an der Schule, denn er war sowohl ein sehr zurückhaltender als auch ein angesagter Typ. Was war sein Geheimnis? Seine Stimme? Nicht nur Lulu fand, dass sie unter die Haut ging. Sein Aussehen? Die Natur hatte es mit ihm, dem Enkel italienischer Einwanderer, gut gemeint. Trotzdem fragte sich Lulu immer wieder, was Niko hatte, was Lars nicht hatte. Die Antwort fand sie erst, als er sie zum Wiedersehen küsste, ihr Gesicht in seine Hände nahm und minutenlang festhielt, es ansah wie eine Kostbarkeit, dort, mitten in der lauten, düsteren Waschküche. Bei ihm hatte sie immer das Gefühl – nein, die Sicherheit –, dass alles, was er sagte und tat, aus voller Überzeugung kam. Da war nichts Künstliches, nichts Falsches, nichts Halbes. Wenn er sagte: Ich halte es nicht aus ohne dich, dann glaubte Lulu ihm das. Wenn er sagte: Ich würde für dich sterben, dann glaubte sie ihm das auch und zugleich erschreckte es sie wie eine böse Prophezeiung.

Er sagte: »Ich muss es Lars sagen.«

Lulu schüttelte den Kopf.

»Du hast recht«, sagte er nach einem langen Blick in ihre Augen. »*Wir* müssen es Lars sagen.« Lulu nickte. Aber sie war anders als Niko, sie nickte manchmal, obwohl sie unsicher war, das Richtige zu tun. Statt Lars zu sagen, dass sie Niko liebte, war sie kurz davor, Niko zu sagen, dass sie Lars liebte und deswegen ihre Affäre ein Ende haben müsse. Aber dann passierte das, was Lulu seit Monaten verzweifeln ließ. Sie küsste Niko. Aber sie küsste ihn nicht irgendwie, sie küsste ihn, als sei er ihre Atemluft, und ihre Arme schlangen sich um seinen hochgewachsenen, schlanken Körper wie um eine Rettungsboje.

»Wir sollten nach oben gehen«, sagte er.

»Warum?« Sie las in Nikos Augen. »Lars?«

»Er sucht dich schon.«

Schweigend ging Lulu voraus. In ihrem Innern herrschte allerdings ein unbeschreiblicher Lärm. Eine Stimme in ihr rief: *Lulu, tu etwas. Du musst dich entscheiden!* Aber eine zweite, nicht weniger laute Stimme wiederholte immerzu: *Wie denn, wie denn?* Jenny sagte: *Lass uns reden.* Niko sagte: *Wir müssen es ihm sagen.* Ihre Eltern schrien im Chor: *Reiß dich zusammen!* Die Schüler tuschelten: *Lulu kriegt jeden, den sie will.* Der Rektor sagte: *Es geht das Gerücht, dass Sie die Abwechslung lieben.*

Und als wäre ihr Kopf nicht schon voll genug mit Stimmen und Problemen, musste sie sich jetzt auch noch darüber Gedanken machen, wer sie auf dem Kieker hatte. Petzold? Der Dorfjunge? Oder vielleicht … Sie sah Niko erstaunt an.

»Was ist?«

»Nichts, schon gut.«

Nicole, dachte sie.

NICOLE

Am Anfang waren wir ein wandelnder Witz, der Hand in Hand über den Schulhof spazierte. Niko und ich, wir waren Zielscheibe des Spotts von dem Moment an, wo wir das erste Mal Hand in Hand gingen. Haha, ist ja furchtbar witzig, Nicole und Niko, Jorinde und Joringel, Stefanie und Stefan, zum Kaputtlachen, haha. Aber gestört hat es uns eigentlich nicht. Gut, mich schon ein bisschen. Zum Glück dauerte diese Phase nicht allzu lange. Spötteleien auf dem Schulhof sind nämlich wie Dartpfeile, irgendwann wird das Spiel langweilig und man sucht sich dann ein neues – aber nur wenn das Ziel ruhig bleibt. Ziele, die sich wehren oder fliehen, wecken den Jagdinstinkt im Menschen und aus Dartspielern werden Schützen. Das hat Niko gesagt und er hat recht behalten. Nach ein paar Wochen hatten wir unsere Ruhe.

Ich weiß, es klingt blöd und unterwürfig, so etwas zu sagen, aber Niko war um einiges klüger als ich. Damit meine ich nicht, dass er intelligenter war, seine Noten waren in vielen Fächern schlechter als meine. Er kam mir einfach lebenserfahrener vor. Wenn man mich fragen würde, mit welchem Wort sich Niko am treffendsten beschreiben lässt, würde ich sagen: reif. Woran das lag, kann ich schwer beschreiben. Da muss ich nachdenken.

* * *

Manchmal kam es mir vor, als würde er zehn Meter über dem Boden schweben und die Dinge deswegen ein bisschen besser im Überblick haben als wir anderen. Ich habe ihn nie zornig gesehen, er hat nie gestritten – diskutiert, ja, aber er wollte dabei nicht mit dem Kopf durch die Wand. Ich habe ihn auch nie ein böses Wort über jemanden sagen hören, echt nicht. Es war so, als würde ihm ein inneres Stimmchen zurufen: *Nicht aufregen, das lohnt sich nicht.* Und ich kenne auch den Namen des Stimmchens.

Verlust. Das war der Name: Verlust. Er hat, als er vierzehn war, Vater und Mutter verloren, und das Schreckliche ist, dass es an seinem Geburtstag passierte. Auf der Landstraße. So ein Raser konnte nicht warten, hat einen Bus überholt, und das Auto, in dem Niko und seine Eltern saßen, kam ihm entgegen, hat gebremst, ist ausgewichen …

* * *

Niko überlebte mit ein paar Schrammen. Jedes Jahr am achtzehnten November war er nicht er selbst. Er hatte Angst, dass ihm jemand gratulierte, und wenn einer, der keine Ahnung hatte, ihm etwas schenkte, sah er aus, als hätte man ihm eine Zeitbombe in die Hand gedrückt.

Ich will jetzt nicht, dass sich das grausam anhört, aber – ich finde, dass dieser große Verlust ihm eine Tiefe gegeben hat, die ihn erst so unwiderstehlich für mich machte. Ansonsten wäre er einfach ein Junge mit einer Gitarre und einer sexy Stimme gewesen. Aber so … Der Autounfall war das Schlüsselerlebnis, das ihn so reif gemacht hat. Ein bisschen melancholisch, aber nicht zu sehr, ein bisschen erwachsen, aber nicht zu erwachsen.

Seltsam, oder? Weil er schon so früh wusste, was Schmerz ist, echter Verlust, wusste er auch, was Liebe ist und Hoffnung und Sehnsucht nach Freiheit und all das. Darin war er den meisten von uns weit voraus. Auch mir. Wenn er überhaupt eine Schwäche hatte, einen Fehler oder wie man das nennen will, dann dass er sich ab und zu ohne Erklärung für einige Tage völlig einigelte. Er redete dann kaum, setzte sich für Stunden in den Wald ab, und wenn ich seiner Laune auf den Grund gehen wollte, biss ich auf Granit. Natürlich fühlte ich mich dann nutzlos und ungeliebt. Aber wie gesagt, das kam nur selten vor.

Ich habe ihn – da sind wir ungefähr vier Monate zusammen gewesen – lieb angeblinzelt und dann aufgefordert: »Schreib doch mal ein Lied für mich.« Damit meinte ich natürlich, *über* mich. Und er antwortete: »So etwas schreibt man nicht einfach mal so nebenbei, Nicole. Wenn ich ein Lied für ein Mädchen beziehungsweise eine Frau schreibe, dann, weil ich glaube, dass es etwas ganz Großes zwischen ihr und mir werden wird. Bevor ich dieses Lied schreibe, will ich ganz, ganz sicher sein, Nicole. Vielleicht schreibe ich es eines Tages für dich. Aber du musst mir Zeit lassen.«

Damals hat mich das fast umgehauen – vor Enttäuschung. Da sagt dir einer, an dem dein Herz hängt, er weiß noch nicht genau, was er von dir halten soll. Ich war total geschockt. Ich war so geschockt, dass ich ihm noch nicht mal gesagt habe, wie wütend ich war. Stattdessen habe ich mich wochenlang wie eine Zicke aufgeführt.

Heute sehe ich das anders. Niko war ehrlich. Wir jammern doch immer, dass die Kerle, die Lehrer, die Chefs, die Eltern, die Politiker, die Banker, die Versicherungsfuzzis, das Leben und was weiß ich wer nicht ehrlich zu uns sind und dass uns alle was vormachen, bis es nicht mehr anders geht. Und wenn dann einer kommt und ehrlich ist, ist uns das auch wieder nicht recht. Er hat ja nicht gesagt, dass ich ihm egal bin. Er hat gesagt, dass er nur eine einzige Eintrittskarte für sein Leben zu vergeben hat und deswegen sehr genau überlegt, wem und wann er sie gibt. Eigentlich ist es doch genau das, was wir Frauen hören wollen, oder? Im Rückblick gesehen ist mir Nikos Ehrlichkeit jedenfalls lieber als das Gehabe dieser Bachelor-Typen, die zehn Frauen zehn Sträuße weißer Lilien in die Hand drücken, allen zehn erzählen, wie toll sie sind, dann mit zwei, drei von ihnen ins Bett hüpfen, eine von denen gnädigerweise erwählen, den Traumfrau-Text abspulen, drei Monate lang den Hingerissenen geben und der Auserwählten schließlich sagen: War ja nett, aber es war alles nur ein Irrtum.

* * *

Wie gesagt, ich zickte rum, und damit machte ich es natürlich nur schlimmer. Wenn mir jemand auch nur einen einzigen Fall nennen kann, wo ewiges Genörgel zu einer größeren Liebe geführt hat, dem drücke ich glatt einen Hunderter in die Hand. Bei mir jedenfalls führte es zum genauen Gegenteil. Und dann zum Unglück.

* * *

Ich weiß noch genau, wann der Stein ins Rollen kam. Es war ein herrlicher Maitag, sonnig und warm, die Bäume leuchteten hellgrün und die Musiklehrerin verlegte den Unterricht ins Freie. Das hat sie schon vorher manchmal gemacht, wegen des Vogelkonzerts, wie sie sagte, und weil frische Luft die Kreativität fördert und natürlich weil das Haus Lombardi mit besonderen Lehrmethoden wirbt. Wie auch immer, an dem Tag hat Niko einen selbst geschriebenen Song gebracht. Da stand er also mit seiner Gitarre, den See im Rücken, und sang so wunderschön … Es war eine Ballade mit einem einfühlsamen englischen Text. Klar, dass ich mir da wünschte, Niko würde mir ein paar Blicke zuwerfen. Hat er aber nicht getan. Die Blicke, auf die ich gehofft habe, galten Lulu. Gut, er hat es nicht offensichtlich gemacht, die anderen Schüler haben nicht gecheckt, was ablief. Ich schon. Und Lulu auch.

Noch am selben Tag erzählte ich ein paar Freundinnen davon. Ich sorgte für Gerüchte. Aber das war noch nicht alles. Ich steigerte mich da voll rein, und ich habe angefangen, Lulu zu hassen. Kati hat mir dabei geholfen, ein paar Dinger zu drehen.

* * *

Ich muss dabei immer an einen großen roten Schaltknopf denken. Wir wissen doch alle, dass ein roter Knopf nichts Gutes bedeutet, oder? Trotzdem können wir manchmal nicht die Finger davon lassen. Und dann tun wir etwas, von dem wir genau wissen, dass wir es nicht tun sollten, und ohne zu wissen, wohin das führen wird. Irgendetwas ist stärker als unser Gewissen. Bei mir war es gekränkte Eitelkeit. Ich habe mir gesagt: So etwas darfst du nicht ungestraft durchgehen lassen, du musst dich wehren, sonst halten dich alle für einen Feigling. Und Kati hat mich darin bestärkt. Die Gerüchte, die ich über Lulu verbreitete, habe ich erfunden, weil ich ihr eins auswischen wollte. Das war meine Art, ihr das Gesicht zu zerkratzen. Und Kati hat mich immer weiter vorangetrieben, der war nichts genug, ich konnte da vor den Ferien nicht mehr raus, und erst während der Ferien mit meinen Eltern in Thailand bin ich wieder zu mir gekommen.

Aber da war es zu spät für Lulu.

Was soll ich noch sagen? Es war einfach zu spät.

6

Lars stürmte ohne anzuklopfen in Lulus Zimmer. Er rannte auf sie zu, sprang über einen Koffer und turnte, nur ein paar Meter von ihr entfernt, einen Flickflack der Freude, bevor er ihr in die Arme fiel.

»Lula«, rief er – er nannte sie immer so, die Anfangsbuchstaben ihres und seines Namens waren in dem Namen verflochten, so als gehörten sie für immer zusammen. »Lula, endlich. Sommerferien ohne dich sind großer Mist!«

Er küsste sie wieder und wieder, es waren tausend kleine Küsse, so als wolle er jeden Quadratzentimeter ihres Gesichts erobern.

»Nächstes Jahr sind wir achtzehn, Lula, dann fahren wir zusammen weg. Was hältst du von Portugal? Klippenspringen. Oder eine Route-66-Tour? Ich mache den Motorrad-Führerschein. Oder einfach Party und relaxen? Die Seychellen sollen irre sein, leider auch ziemlich teuer. Ob wir unsere Alten wohl rumkriegen, uns die Kohle zu geben?«

Zwischen seinen Zukunftsplänen, die die Welt umspannten, küsste er sie. Lars war immer begeisternd, ansteckend, aktiv, ein verspielter junger Hund, ein ewiges Strohfeuer – aber an diesem Tag fiel sein Funke bei Lulu auf nassen Boden. Sie versuchte, sich nicht anmerken zu lassen, wie durcheinander sie war, und lachte. Doch er merkte etwas.

»Stimmt was nicht? Ist was passiert?«

Einen Augenblick lang war sie drauf und dran, ihm die Wahrheit zu sagen. Doch dann fragte sie sich, was das in ihrem Fall eigentlich war, die Wahrheit.

»Ich bin nur durcheinander wegen dem, was heute passiert ist.«

»Wieso, was war denn?«

»Ich habe Niko gerade davon erzählt.«

Niko saß auf einem Stuhl in der Zimmerecke und Lars bemerkte seinen Freund erst jetzt. »Was machst du denn hier, Alter?«, fragte Lars.

»Na ja, ich habe Lulu vorhin aus dem Keller befreit, sie war eingeschlossen, und dann sind wir hier gelandet und haben uns unterhalten.«

»Aha«, sagte Lars, und für einen kurzen Moment kam es Lulu vor, als wäre die ganze Geschichte zwischen Niko und ihr für Lars komplett offensichtlich. Sein Blick sprang von seiner Freundin zu seinem besten Freund, wieder zurück und wieder zu Niko.

»So, hast du also mal wieder Ritter Lancelot mit meiner Freundin gespielt?«, fragte Lars. Er hatte einige Wochen vor den Sommerferien angefangen, Niko so zu nennen, aber da hatte der Spitzname noch einen humorvollen Touch gehabt.

Doch davon fehlte plötzlich jede Spur. Er zog einige Sekunden lang das ernste Gesicht eines Mafiabosses, und als er wieder lächelte und sagte, er habe nur Spaß gemacht, nahm Lulu ihm das nicht ganz ab.

Sie fühlte sich schäbig, und sie sah Niko an, dass es ihm genauso ging. Keiner von ihnen wollte lügen, aber die Anziehungskraft der Lüge war stärker als die der Wahrheit. Lulu hinterging Lars. Im Grunde hinterging sie auch Niko. Dem einen gab sie die Sicherheit, dass sich nichts verändert hatte, dem anderen gab sie die Hoffnung, schon bald werde sich alles ändern. Am liebsten hätte sie beides wahr gemacht und keinen enttäuscht. Noch immer fragte sie sich, wie sie je in diese Situation kommen konnte, gleichzeitig auf zwei grundverschiedene Typen zu stehen und einfach nicht zu wissen, wen sie liebte und wen nicht. Denn zwei Männer zur selben Zeit zu lieben, das war ja wohl nicht möglich. Oder? Vielleicht doch. Vielleicht sprach einfach jeder eine andere Seite in ihr an. Lars war ein blondes, athletisches Powerbündel, immer mit dem Fuß auf dem Gaspedal, Rudern, Laufen, Radfahren, Party … Stillsitzen war nicht sein Ding, weder im Klassenraum noch im Kino. Niko war ein schlanker, ruhiger Kuscheltyp, er brachte Lulu zum Träumen. Das Zusammensein mit ihm war wie das Schweben in der Gondel eines Riesenrads – mit Lars war es wie die Fahrt in einer Achterbahn.

Dass diese beiden Jungs Freundschaft geschlossen hatten, überraschte nur, wenn man nicht wusste, dass sie die einzigen Vollwaisen im Haus Lombardi waren. Niko hatte seine Eltern bei einem Autounfall verloren, Lars' Mutter hatte sich das Leben genommen, nachdem ihr Mann sie und Lars verlassen hatte, und beide Jungs waren von ihren überforderten Großeltern ins Internat geschickt worden. Sie gehörten seit Jahren zusammen wie Pech und Schwefel, was die Sache für Lulu nur noch schlimmer machte. Der Keil zu sein, der die beiden auseinandertrieb, war eine Horrorvorstellung, bei der sich ein Ring um ihre Brust zusammenzuziehen schien.

»Stell dir vor«, sagte sie zu Lars, »jemand hat meinen Fußboden und das Bettlaken mit Blut verschmiert.«

»Ich sehe kein Blut.«

»Natürlich habe ich es aufgewischt. Und das Laken ist in der Wäsche.«

»Warum sollte jemand so etwas machen?«

»Petzold könnte dahinterstecken …«

»Der würde doch für solche Albernheiten nicht seine Stelle riskieren.«

»Und dann ist da noch so ein Junge …«

»Was für ein Junge?«

»Irgendein Dorfjunge halt, ein Mechaniker. Ich glaube, du hast ihn auch schon mal gesehen.«

»Ich erinnere mich. Na und? Warum sollte dieser Typ …?«

»Was weiß denn ich«, rief sie ungeduldig. »Ist das ein Verhör?«

Plötzlich wurde ihr alles zu viel. Lars hier, Niko dort, die Blicke, das Misstrauen …

»Sorry, ich muss jetzt gehen. Jenny wartet auf mich – wir sehen uns später.«

Lulu rannte weg. Sie musste mit jemandem sprechen, allein kam sie nicht mehr zurecht. Vielleicht konnte Jenny ein bisschen Ordnung ins Chaos bringen, sie hatte sich ja angeboten. Schlimmer konnte sie es jedenfalls nicht machen. Sie klopfte an Jennys Zimmertür. Niemand öffnete. Also rannte Lulu ins Freie, quer über das ganze Schulgelände.

Jenny hatte einen Lieblingsplatz zum Zeichnen. Hinter hohen Hecken und Sträuchern stand die Schulkapelle, schon sehr alt, aus der Zeit, in der auch das Haupthaus erbaut worden war.

Dahinter gab es einen kleinen Kirchhof, nur rund ein Dutzend überwachsener Gräber mit verwitterten Grabsteinen. Von einer kleinen Steinbank aus hatte man eine fantastische Sicht sowohl auf den See als auch auf die Pappelallee und die umliegenden Wiesen. Ein friedlicher und doch beklemmender Platz, fand Lulu, die sich auf Friedhöfen immer schon unbehaglich gefühlt hatte.

An diesem Tag war es noch schlimmer. Vielleicht lag es an der fauligen, wie eine Glocke über dem Friedhof liegenden Hitze.

Die Glocke der Kapelle schlug fünf.

Nach dem fünften Schlag hörte Lulu ein Geräusch, das Knacken eines Zweiges. Hinter einem der Grabsteine kam eine Gestalt hervor.

»Simon!« Lulu wich einen Schritt zurück. »Was – was machst du denn hier?«

Er starrte sie an, ohne etwas zu sagen.

Vanessa

Simon war der seltsamste Junge auf der Schule. Ich bin einfach nicht schlau aus ihm geworden. Am Anfang hab ich gedacht, der sieht ja nicht übel aus, und 'ne Freundin sagte: »Nicht übel? Er sieht total plemplem aus und er ist viel zu dünn.« Na ja, er sah schon ziemlich strange aus mit den schwarz geschminkten Augen, aber irgendwie fand ich ihn süß. Jedenfalls hab ich gedacht, ich könnte Simon mal besser kennenlernen, und zuerst lief das ziemlich gut. Ich hab ihm ein paar Mal zugesehen, wie er im Skatepark rumgekurvt ist. Die Jungs stehen ja drauf, wenn man sie bewundert, und außerdem war er echt gut, ich musste mich fast gar nicht verstellen.

Irgendwann ist mir der Skateboardkram ein bisschen auf die Nerven gegangen, immer nur zugucken, klatschen und bewundern und so, ich kam mir schon vor wie ein Cheerleader, und ich dachte, jetzt muss bald mal was anderes passieren, der muss doch merken, dass du auf ihn stehst. Aber von ihm kam nix. Da gab es nur drei Möglichkeiten: Entweder war er unglaublich schüchtern oder schwul oder er stand einfach nicht auf mich. Also hab ich ihn gefragt, welche Musik er gerne hört, und er hat gesagt, er steht auf Dark Wave, Neoklassik und Death Rock, weil er da so schön abheben kann, und ich hab dann so getan, als ob mich das total interessiert, und nach einigem Hin und Her hat er mich dann irgendwann mal mit in sein Zimmer genommen.

So was Schräges hab ich vorher noch nie gesehen. Seine Wände waren mit lauter Postern tapeziert, da war kein weißes Fleckchen mehr frei, und das Irre war, dass es nur Poster von Fantasyfilmen waren. Manche von denen hat er ausgeschnitten und dann übereinandergeklebt … Wie nennt man das? Collage. Ja, genau, eine einzige riesige Collage war sein Zimmer, überall Vampire, Magier, Geister, Feen, Götter, Eulen, Drachen und das ganze Getier. Echt gruselig! Okay, es war crazy anzuschauen, aber schlafen könnte ich da drin nicht, da würde ich wahnsinnig werden. Jeder normale Mensch würde wahnsinnig werden. Und im Bücherregal dasselbe Bild, ein Fantasyroman am anderen. Sogar auf dem Boden stapelten sich die Dinger. Der Typ war ein Freak, eine Leseratte, und seine ganze Freizeit spielte sich zwischen Skatepark, Dark Wave und Fantasy ab. Also, wenn das nicht verrückt ist, dann weiß ich auch nicht.

Aber im ersten Moment dachte ich: scheiß drauf, und wenn schon, was soll's. Vielleicht ist er ja trotzdem ganz nett. Ich rücke also näher, höre seine blöde Musik, blättere in zwei, drei Romanen und fange sogar an, die grässlichen Collagen zu loben … Und was macht er? Schlägt eine Mappe auf und gibt mir kurze Texte von sich zu lesen. So was im Aufsatz-Stil. Wär ja nix gegen zu sagen, wenn die Geschichten nicht so unheimlich gewesen wären. Die handelten von Leuten, die von irgendwas besessen sind und schreiend herumlaufen, oder welche, die von irgendwas Unsichtbarem verfolgt werden … Ich weiß nicht, wie ich's erklären soll. In seinen Geschichten hatten die Figuren Angst, da war immer ein Irrer dabei. Nach vier von denen hatte ich die Schnauze gestrichen voll und hab mir den Typen abgeschminkt. Kann wohl jeder verstehen, oder?

Später hab ich gehört, dass er bei anderen Mädels, die sich für ihn interessierten, dasselbe abgezogen hat. Es gab natürlich Gerede. Ein paar Jungs zogen ihn damit auf, aber das dauerte nicht lange. Lag vielleicht daran, dass er auf dem Skateboard top war, da konnte ihm niemand was vormachen. Oder er war selbst den Jungs zu komisch und sie wollten sich deswegen nicht mit ihm anlegen. Ich hab keine Ahnung. Bald hatte er wieder seine Ruhe. Mehr als ein Jahr lang. Hat wieder allein vor sich hin gelebt. Einfach so.

Und dann kam Jenny. Es gibt Gerüchte, sie wäre in seinem Zimmer gewesen und hätte die ganze Prozedur durchlaufen, also die Collagen, die Musik, die Texte und so weiter, und sie wär total darauf abgefahren – und dann auf ihn. Selbst schuld. Wie blöd muss man eigentlich sein, um sich auf so einen einzulassen? Ich hab sie für schlauer gehalten. Okay, Jenny hat supergerne gezeichnet und er hat supergerne gelesen, geschrieben und Collagen gemacht, aber das kann man doch überhaupt nicht vergleichen. Ich kenne Jennys Zeichnungen. Mich hat sie auch mal porträtiert, im Kunstunterricht, sie hat mir das Bild geschenkt, ich habe es heute noch. Das waren alles Hammerbilder: Porträts, Gebäude, eine Wiese, der See … total atmosphärisch, aber überhaupt nicht gruselig.

Simon hat Jenny verändert. Bevor sie mit ihm zusammenkam, war sie fröhlich, unbeschwert, spontan – einfach total positiv.

Ich weiß nicht, was er mit ihr angestellt hat, aber sie war so was von verknallt in ihn, und er …

Ich sag immer: leben und leben lassen. Mir doch egal, was jemand für einer ist, welche Musik er hört, ob und was er liest, ob er ein Goth oder schwul oder in oder out ist – alles Banane.

Aber was Simon mit Jenny angestellt hat, das werde ich ihm nie verzeihen.

7

Simon starrte Lulu noch immer an.

»Hi«, sagte sie und wusste nicht, wo sie hinschauen sollte. In Simons Nähe hatte Lulu sich noch nie wohlgefühlt. Sie nahm es schweigend hin, dass sich Jenny ausgerechnet in diesen Sonderling verliebt hatte – das war allein Jennys Sache –, aber sie fand, dass Simon nicht ganz richtig im Kopf war. Wie üblich war er ganz in Schwarz gekleidet, ein Hauch von Grufti-Look, sie musste allerdings zugeben, dass es nicht schlecht an ihm aussah. Sogar die vom Eyeliner schwarz nachgezogenen Augen standen ihm irgendwie, auch wenn es ziemlich schräg war, wenn sich ein Junge schminkte.

Als er den Player aus dem Ohr nahm, hörte Lulu schwach das scheußliche Gebrüll einer Gothic-Band.

»Hab Musik gehört«, sagte er. Simon redete nie viel, er war für seine kurzen Antworten berüchtigt, was ein weiterer Grund war, weshalb kaum jemand mit ihm sprach.

Ihr fiel auf, dass seine Hände zitterten, so als hätte er eben jemanden geschlagen oder erwürgt. Als er Lulus Blick bemerkte, versteckte er die Hände in den Hosentaschen.

»Ich suche Jenny, hast du sie gesehen?«, fragte Lulu.

Er druckste herum, zeichnete mit der Schuhspitze sinnlose Linien in den Boden. »Ja«, antwortete er.

Lulu fand die Unterhaltung anstrengend – falls man das überhaupt Unterhaltung nennen konnte.

»Und wo?«, fragte sie.

Er deutete in Richtung des Seeufers. »Da unten.«

»Danke.«

Lulu schritt durch das Gras auf ihre Freundin zu, die mit dem Rücken zu ihr saß und zeichnete. Lulu war ein bisschen erleichtert, dass es ihr gut ging. Eigentlich dumm, wieso hätte es Jenny nicht gut gehen sollen? Aber Lulu konnte Simons zitternde Hände nicht vergessen.

Um einen kleinen Spaß zu machen, pirschte Lulu sich an und versuchte, Jenny zu erschrecken, indem sie ihr kitzelnd in die Seiten griff. Jenny reagierte jedoch fast überhaupt nicht. Kaum, dass sie mal kurz den Kopf hob.

»Ach, du bist es«, sagte sie und zeichnete konzentriert weiter.

Im ersten Moment, als Lulu das fast fertige Bild sah, fand sie es wunderschön: der Himmel, die Vögel, das vom Wind gekräuselte Wasser, ein paar Seerosen … Dann entdeckte sie zwischen den Seerosen den leblos mit dem Gesicht nach unten treibenden Körper einer jungen Frau. Lulu war so fassungslos, dass sie einen Blick auf den See warf – den richtigen See – und nach einer Leiche suchte.

»Sag mal!« Sie ließ sich ins Gras fallen. »Was für ein Gruselzeug zeichnest du denn da schon wieder? Das ist doch total unrealistisch oder siehst du vielleicht eine Leiche im See?«

»Nein. Wäre es dir lieber, da wäre eine?«

»Jetzt komm mir nicht komisch. Ernsthaft: Seit wann machst du einen auf Horror-Queen?«

Lulu wartete Jennys Antwort nicht ab. »Das ist Simons Einfluss, gib's doch zu. Der Typ hat 'ne Meise. Du bist die Einzige in der Schule, die das noch nicht gemerkt hat – außer ihm selbst.«

»Er hat etwas ganz Besonderes an sich.«

»Das hat ein Zombie auch, deswegen wirft man sich ihm noch lange nicht an den Hals.«

»Hör auf damit. Ich will nicht, dass du so über ihn redest. Ich muss eine schwierige Entscheidung treffen, und mit so was hilfst du mir überhaupt nicht.«

Lulu biss sich auf die Lippe. »Tut mir leid, wenn ich zu weit gegangen bin«, sagte sie reumütig. »Willst du mir von der schwierigen Entscheidung erzählen?«

Jenny beendete die Zeichnung. »Ich bin schwanger.«

Lulu haute es um – buchstäblich. Sie sank ins Gras und war zehn Sekunden lang nicht in der Lage, auch nur einen Laut von sich zu geben. Was es für sie selbst bedeuten würde, schwanger zu sein, wagte sie sich nicht vorzustellen.

»Und – Simon ist der Vater?«, fragte Lulu.

»Nein, Justin Bieber, wer denn sonst! Natürlich ist Simon der Vater. *Ich* schlafe nur mit einem Kerl.«

»Hey, jetzt werd nicht fies. Ich bin nur so … überrascht.«

»Tut mir leid. Ich bin ein bisschen durcheinander.«

»Schon gut, so was kenne ich.« Lulu wollte fragen, ob Jenny mit Simon darüber gesprochen und was er dazu gesagt hatte. Aber Jenny kam ihr zuvor.

»Ich will nicht darüber reden«, sagte sie.

* * *

Lulu verbrachte den Abend und die Nacht in Jennys Zimmer. Auch wenn es eng war in dem Einzelbett, so fühlte Lulu sich dort wohl. Außerdem konnte sie sich dort eine Pause von Niko und Lars gönnen und das Problem ein wenig verdrängen.

Den ganzen Abend lang hatten sich die Freundinnen gemeinsam Comedy-Serien auf dem Notebook angesehen. Über die Schwangerschaft hatten sie kein Wort verloren. Abgelenkt zu sein von den eigenen Sorgen, tat Lulu gut, und obwohl sie Jenny nur das Beste wünschte, tröstete es sie irgendwie, nicht mehr ganz allein zu sein im Club der Verzweifelten. Ein paar Stunden lang hatte Lulu sich sogar erfolgreich eingeredet, dass ihre eigenen Schwierigkeiten lächerlich wären im Vergleich zu Jennys. Sie schlief gut ein. Aber mitten in der Nacht wachte sie auf und kam nicht mehr zur Ruhe. Normalerweise hätte sie sich von einer Seite auf die andere gewälzt, aber mit Jenny in ihrem Rücken war das unmöglich. Also stand sie auf, zog sich ein kurzes Hemd über und ging nach draußen.

Die Nacht war tropisch, an die fünfundzwanzig Grad warm. Ab und zu erhellte Wetterleuchten die Finsternis und irgendwo rumorte wieder einmal ein ferner Donner. Lulu blickte nach oben. Der Himmel glänzte wie schwarzer Lack, überzogen mit Glitter. Bei diesem Vergleich musste sie lächeln, und ein paar Minuten blieb sie so stehen, den Kopf in den Nacken gelegt, bis ihr ein bisschen schwindelig wurde und sie sich ins Gras setzen musste.

Von wem, überlegte sie, würde sie lieber ein Kind haben wollen, von Niko oder Lars? Nicht dass sie sich tatsächlich ein Kind wünschte, um Himmels willen, das wäre viel zu früh. Viel später mal, ja, mit dreißig oder fünfunddreißig. Erst mal wollte sie ein bisschen was von der Welt sehen, studieren, irgendwas mit Sport machen, ein Auslandssemester dazwischenschieben, einen Beruf erlernen ... Aber vielleicht konnte die Antwort auf die Frage, mit wem sie sich eher eine Familie vorstellen konnte, irgendeine Ordnung in ihrem Kopf herstellen. Niko wäre ein sanfter Vater, der sein Kind zu nichts drängen, es bei jeder Entscheidung unterstützen würde, eigentlich ein Vater, wie sie ihn sich für ihr Kind wünschte. Lulu war überzeugt: Würde sie jetzt zu Niko gehen, ihn aufwecken und sagen, sie wäre von ihm schwanger, er würde kurz schlucken und sie dann mit Küssen überschütten. Oder? Niko hatte manchmal seltsame melancholische Launen, dann zog er sich völlig zurück, blieb stundenlang verschwunden. Sie kam dann nicht an ihn ran. Vielleicht würde er seine Vaterrolle eher ängstlich annehmen.

Was Lars anging – er wäre, falls es ihn beträfe, wohl eher entsetzt. So wie sie selbst. So früh schon ein Kind? Für ihn undenkbar! War ihr Lars deshalb nicht viel näher als Niko?

Sie war genauso weit wie zuvor. Weder die Nacht noch die Sterne konnten ihr helfen. Aus der Dunkelheit kam plötzlich ein Schrei, hell, gedehnt und verzweifelt, wie der Todesschrei einer Frau. Lulu stand abrupt auf. Ihre Augen suchten angestrengt die Dunkelheit ab.

Der Schrei war eindeutig vom See her gekommen. Nun war wieder Stille.

Doch plötzlich hörte sie ein Rascheln, nicht weit entfernt. Ein Vogel? Eine Maus?

Dann Schritte. Um diese späte Uhrzeit – kurz nach zwei – konnten doch keine Schüler mehr aus den Ferien eintreffen.

»Jenny?«

Schweigen. Lulu suchte mit den Augen die Umgebung ab. Nichts, nur Dunkelheit.

Wenn es Jenny gewesen wäre, hätte sie geantwortet.
»Lars? Bist du das? Hör auf mit den Spielchen.« Es sähe Lars ähnlich, ihr einen Schreck einzujagen. Er war oft zu Späßen aufgelegt, bei denen er sich besser amüsierte als sie. Ganz im Gegensatz zu Niko, dem es nicht im Traum einfallen würde, sie absichtlich zu erschrecken.
»Lars, ich weiß, dass du es bist. Los, komm, zeig dich.«
Es zeigte sich niemand. Vielleicht war es der Hausmeister? Oder Petzold?
In diesem Moment legte sich eine Hand von hinten auf ihren Arm. Lulu schrie laut auf, es war ein Kreischen, das tief aus ihrer Brust kam. Instinktiv sprang sie einige Schritte nach vorn, erst dann drehte sie sich mitten im Lauf um. Dabei stolperte sie und musste sich mit den Händen auf dem Rasen abstützen. Als sie sich wieder aufrichtete, sah sie, wie sich aus dem Dunkel eine Gestalt auf sie zubewegte.

Sylvia

Eigentlich rede ich nicht gern darüber. Das ist eine unheimliche und traurige Geschichte. Ich kriege Gänsehaut, und ich könnte heulen, wenn ich länger…

Also gut, sie hieß Mandy. Sie war eine von drei Mandys in meiner Klasse, eine von sechs Mandys in unserem Dorf, aber von allen die hübscheste. Ich saß im Unterricht immer neben ihr. Trotzdem waren wir keine richtigen Freundinnen. Mandy hatte überhaupt keine Freundin. Ich wusste von ihr nur, dass ihre Eltern einen großen Bauernhof hatten, ungefähr zwei Kilometer entfernt. Nach der Schule hat sie sich sofort aufs Rad gesetzt und war weg. Auch in den Pausen habe ich sie nie länger als zwei, drei Minuten am Stück mit jemandem in unserem Alter sprechen sehen. Sie zog sich immer ganz schnell zurück. In unserer Klasse hielten sie alle für arrogant. Nur ich nicht.

Ich mochte Mandy. Weiß nicht, wieso. Sie war nicht arrogant. Sie – sie lebte einfach woanders. Kopfmäßig, meine ich. Im Kopf lebte sie nicht mitten unter uns, sondern weit entfernt. Das haben die anderen nicht verstanden. Ich am Anfang auch nicht.

Ich habe mich – da war ich dreizehn Jahre alt – eigentlich nur zu ihr gesetzt, weil der Platz neben ihr immer leer war und sie mir leidtat. Ich habe sie gefragt, ob es ihr recht ist, dass ich neben ihr sitze, und sie hat einfach nur »Ja« gesagt. Mehr nicht.

Wir haben ganz wenig miteinander gesprochen, und wenn mal, dann nur über Unwichtiges, Hausaufgaben zum Beispiel. Mandy war nicht gut in der Schule. Ich wollte ihr helfen, aber sie hat gesagt, das würde sich nicht lohnen. Mit fünfzehn würde sie sowieso abgehen und auf dem Hof ihrer Eltern arbeiten, so wie es schon ihre beiden älteren Brüder gemacht haben. Ich erinnere mich genau, dass sie gesagt hat: »Wozu soll ich wohl etwas über die Französische Revolution, über Schillers *Räuber* oder den Satz des Pythagoras lernen, wenn ich nächstes Jahr sowieso das Heu für die Viecher einhole und die Brote für die Männer schmiere?«

Ich weiß noch, da war etwas in ihrer Stimme … So eine Abscheu – nein, kälter. Ich glaube, das war schon Hass. Ich dachte zuerst, dass sie den Unterrichtsstoff meint. Aber ich habe bald kapiert, dass der Hass etwas anderem gegolten hat – dem Leben, *ihrem* Leben, so wie es war.

Mit vierzehn veränderte sich ihr Äußeres stark. Sie hatte auch vorher schon ein bisschen älter und reifer ausgesehen als wir anderen, aber plötzlich sah sie aus wie achtzehn oder neunzehn. Ungelogen! Sie bekam ziemlich viel Oberweite, schoss hoch auf … Und dann die Schminke, der Lippenstift, die tollen Klamotten, und alles schweineteuer … Das meiste hat sie natürlich geklaut. Ich habe sie direkt gefragt und sie hat es zugegeben.

Ab und zu fuhr sie in die Kreisstadt und deckte sich mit Zeug ein. Einmal rutschte ihr Top hoch, ich sah einen großen blauen Fleck auf den Rippen, und sie sagte: »Ach, das war mein Alter, man hat mich in 'ner Drogerie erwischt, die Polizei war deswegen bei uns.«

In dieser Zeit wurde unser Verhältnis enger. Ich stehe nicht auf Mädels, nicht auf *diese* Art, aber ich fand Mandy einfach toll. Sie färbte ihr langes Haar goldblond, und dazu dieser wahnsinnsdunkelrote Lippenstift – sie sah unglaublich gut aus. Ich sagte zu ihr: »Ich wünschte, ich wäre ein bisschen wie du.« Und sie antwortete: »Wünsch dir das nicht.«

Mir gegenüber taute sie langsam auf. Wir redeten etwas mehr miteinander als früher. Immer noch nicht viel, Mandy war einfach nicht der gesprächige Typ. Dann kam der Tag, an dem sie mich zu sich einlud. Nach der Schule gingen wir gemeinsam zu dem Bauernhof ihrer Eltern. Ich war vorher noch nie dort gewesen, nicht mal in der Nähe, und hab gesagt: »So, das ist also dein Zuhause.«

»Nein, hat sie geantwortet, eigentlich nicht.« Und ich hab verstanden, was sie meinte, als sie mit ihren Lacklederschuhen und dem Minirock quer über den schmutzigen Hof schritt. Sie war wie eine Orchidee, die in einem Sumpf wuchs.

Ihr Zimmer sah auf den ersten Blick ganz normal aus. Mandy hörte die Musik, die ich auch gern hörte, und las Bücher, die ich auch mochte. Aber mir fielen irgendwann die Zeitschriften auf: exklusive Wohnzeitschriften, Bilder von Villen reicher Leute, Fotobände über Nobelhotels auf der ganzen Welt: Paris, New York, Dubai, Rio de Janeiro. Sie lebte auf einem Bauernhof, hatte kaum Geld für das Rouge auf ihren Wangen und träumte sich in Häuser hinein, die sie sich niemals leisten konnte.

Vielleicht hört sich das an, als wäre Mandy doch das gewesen, was so viele von ihr geglaubt haben: hochnäsig, berechnend … War sie aber nicht. Nie hat sie ein böses Wort zu einem Mitschüler gesagt oder jemanden von oben herab angesehen. Sie hat Klamotten von Donna Karan getragen, aber es war ihr völlig egal, dass ich in Zehn-Euro-Shirts herumlief. Und was die Zeitschriften angeht … Mandy hat genau gewusst, wie unerreichbar das für sie war. Die Zeitschriften waren für sie das, was Fantasyromane oder Lovestorys für mich sind, oder das, was für manche Jungs das tägliche zweistündige Fußballtraining auf dem Bolzplatz ist – kann man mir doch nicht erzählen, dass die sich nicht schon insgeheim im großen Stadion spielen sehen.

Jungs waren lange eigentlich kein Thema für Mandy. Nur wenige haben versucht, sie anzubaggern, und denen hat sie eine höfliche Abfuhr erteilt – so höflich, wie das halt geht. Sie hat keinem was vorgemacht, keinen zappeln lassen, sie hat einfach nur gesagt, dass sie nicht mit ihnen ausgehen will, und damit war das Thema erledigt. Ein Einziger ist echt hartnäckig geblieben – Lennart, ein früherer Klassenkamerad von uns, der mal sitzen geblieben war. Er war völlig in Mandy verschossen, total plemplem, und hat es immer wieder versucht, mit allen Mitteln, Geschenke, Einladungen und so weiter. Nachdem wir mit der Schule fertig waren, half Mandy auf dem Hof ihrer Eltern und ich hatte meine Friseurinnenlehre angefangen, aber einmal im Monat habe ich mich mit Mandy getroffen, und sie hat mir dann erzählt, was Lennart wieder mal versucht hatte, um bei ihr zu landen. Sie ist nie mit ihm ausgegangen. Dämlicher Typ, dieser Lennart. Irgendwann hat er endlich Ruhe gegeben – glaube ich wenigstens.

Tja, und dann …

Mandy hat jemanden kennengelernt, das weiß ich genau, aber ich weiß nicht, wen. Sie hat nicht gerne darüber gesprochen.

Immer wenn ich mehr wissen wollte, hat sie dichtgemacht. Entweder hat sie sich für den Typen geschämt oder es war etwas Verbotenes an der Beziehung, denn sie hat sich immer nur heimlich mit ihm getroffen. Keine Ahnung, wo. Ihre Eltern haben sie nicht lange und auch nur ungern weggelassen, die haben aufgepasst wie die Schießhunde. Ich fragte ihr Löcher in den Bauch, um wenigstens ein bisschen was zu erfahren. Ist er schon achtzehn? Hat er ein Auto? Oder ein Motorrad? Wohnt er in unserem Dorf?

Sie hat mir nichts erzählt. Aber einmal – ich hatte so eine Ahnung – sagte ich: »Er ist aus dem Internat, stimmt's?« Mandys ertappter Blick hat sie verraten – ich hatte ins Schwarze getroffen. Ich fragte nach: »Ein Schüler, ja? Oder – doch nicht etwa ein Lehrer?« Aber da hat sie sich schon wieder unter Kontrolle gehabt und ich bekam nichts weiter heraus.

Dann, vor eineinhalb Jahren, im schönsten Frühling, bin ich ihr zufällig im Wald begegnet, am See. Sie saß am Ufer, in einer kleinen Bucht, ihre Augen waren verheult. Natürlich wollte ich wissen, was passiert war. »Frag nicht«, hat sie geantwortet. Zuerst hab ich auf ihre Eltern getippt, mit denen hat sie sich gar nicht mehr verstanden, und ihre Brüder waren ihr egal. Von ihrer ganzen Familie mochte sie eigentlich nur ihre Oma, die schon weit über siebzig Jahre alt war und noch immer den Tante-Emma-Laden im Dorf führte. Aber die konnte ihr auch nicht helfen. Ich hab ihr angeboten, mit zu mir zu kommen. Mandy sagte: »Nein, Sylvia, aber danke, es geht schon wieder. Ich will nur ein bisschen allein sein.«

Das war das letzte Mal, dass ich sie gesehen habe.

* * *

Drei Tage später war sie plötzlich weg. Einer ihrer Brüder sah sie von Weitem, wie sie im Wald verschwand. Er rief ihr noch zu, aber sie hörte ihn nicht – oder wollte ihn nicht hören. Als sie am Abend und auch am nächsten Tag nicht mehr nach Hause kam, hat die Polizei einen Suchtrupp losgeschickt. Man fand einen ihrer Schuhe und einen zerrissenen Seidenschal am Seeufer, dort, wo ich Mandy ein paar Tage vorher getroffen hatte. Taucher suchten den See ab. Aber der See ist groß, sehr tief, schlammig, viel gammeliges Laub am Grund …

Hat sie sich selbst umgebracht? Warum fand man dann nur einen Schuh und warum war der Schal zerrissen? Oder wurde sie ermordet? Man fand kein Blut, auch keine anderen Spuren – und keine Leiche. Mandy blieb verschwunden. Und ich machte mir Vorwürfe, weil ich nicht genug für sie da gewesen war. Was auch immer mit ihr passiert ist: Ich glaube, es hatte mit diesem Typen vom Internat zu tun, mit dem sie sich heimlich getroffen hat. Auf meinen Tipp hin ist die Polizei zum Haus Lombardi gefahren, aber entweder haben sie nichts herausgefunden oder sie verschweigen etwas. Verhaftet wurde jedenfalls keiner. Im Dorf gingen die Gerüchte los. Jemand, der in der Abenddämmerung seinen Hund ausführte, hat Mandy angeblich im Wald gesehen. Noch einmal suchten ein paar Polizisten die Umgebung des Sees ab – wieder nichts. Ein paar Wochen später sah sie jemand im See schwimmen, aber bis er Zeugen holen konnte, war sie anscheinend wieder verschwunden. Spaziergänger haben mal eine junge Frau schreien und stöhnen gehört. Gruselgeschichten machten die Runde. Angeblich lebte Mandy in den Kellergewölben vom Haus Lombardi – eine Art Phantom des Internats. Ich glaube aber kein Wort davon. Trotzdem … seltsam war dieses Verschwinden schon. Ich jedenfalls bin nie wieder in den See gestiegen. Wenn ich mir vorstelle, dass Mandy dort irgendwo liegt … Ziemlich unheimlich. Ab und zu gehe ich zu der kleinen Bucht, in der ich sie zuletzt gesehen habe, und stelle ein Licht auf. Irgendwie fühle ich mich dann besser.

* * *

Wie das halt so ist – mit der Zeit redete man weniger über Mandys Verschwinden. Aber dann passierte neulich diese schreckliche Sache im Haus Lombardi … Tote – und wieder ein verschwundenes Mädchen.

8

Lulu lag am Boden und Simon stand mit ausgestreckter Hand über ihr. Zum zweiten Mal an diesem Tag hatte er sie fast zu Tode erschreckt, und diesmal nahm sie es ihm richtig übel. Sie schlug seine Hand aus und rappelte sich auf.

»Du spinnst wohl!«, rief sie.

»Wieso? Was denn?«

»Wieso, was denn«, äffte sie ihn nach. »Blöde Frage. Tapst hier durch die Nacht, stöhnst und schreist, schleichst dich an …«

»Ich hab nicht gestöhnt und geschrien. Und durch die Nacht getapst bist du ja selber.«

»Oh Mann, ich hab echt keine Lust auf diesen Schwarze-Messen-Mist.« Plötzlich fiel ihr etwas ein. »Warst du das, der mich im Keller eingesperrt hat? Und das mit dem Blut? Und all die fiesen kleinen Streiche im letzten Schuljahr?«

»Ich hab keine Ahnung, wovon du redest.«

»Ich sag's dir nur noch einmal im Guten – hör damit auf, sonst fängst du dir beim nächsten Mal eine, und das meine ich wörtlich. Mit dir Hänfling werde ich allemal fertig.«

»Ehrlich, du redest mit dem Falschen.«

»Das sowieso. Penner.« Normalerweise redete sie nicht so aggressiv mit Mitschülern, eigentlich mit niemandem, aber auf Simon hatte sie eine Riesenwut. Natürlich hatte er diesen unheimlichen Schrei ausgestoßen, wer denn sonst? Die Frage war nur, warum er sie so erschrecken wollte. Was hatte sie ihm getan?

Plötzlich kicherte er leise vor sich hin. Der hatte sie wirklich nicht mehr alle. »Was gibt's denn da zu lachen?«, fragte sie.

»Wenn uns jetzt einer sieht, könnte der meinen, wir hätten was miteinander.«

»Das fehlte mir gerade noch!«

»Ich wäre dann Nummer vier.«

»Nummer vier?«

Er zählte an den Fingern auf. »Lars, Niko, Petzold und jetzt ich.«

Lulu blieb fast die Luft weg. Wenn selbst Simon, der Außenseiter, von diesen Gerüchten gehört hatte, war es nur eine Frage der Zeit, wann Lars erfahren würde, dass sie und Niko ... Vielleicht wusste er es schon, daher der misstrauische Blick, den er Niko und ihr ein paar Stunden zuvor zugeworfen hatte. Noch wollte er es nicht glauben. Niko war ein zu wichtiger Mensch für ihn, als dass er ihm etwas Böses unterstellt hätte. Aber dass er ihn neuerdings Lancelot nannte – das war der Verführer von König Artus' Frau Guinevere –, war eine kleine Stichelei, mit der er seinen besten Freund ein bisschen provozieren wollte.

»Du solltest nicht alles glauben, was du hörst«, erwiderte sie entschieden, aber auch ein bisschen kleinlaut. »Es gibt da ein paar gehässige Mädels, die mich dissen wollen und deshalb irgendwelche verrückten Sachen in die Welt setzen.«

Er nickte. »Kati und Nicole … Das meiste ist bestimmt erfunden, aber was dich und Niko angeht …«

»Mit *dir* werde ich bestimmt nicht darüber sprechen«, fiel sie ihm ins Wort.

Er zuckte mit den Schultern. »Deine Entscheidung. Könnte aber nicht schaden, der Wahrheit mal ins Gesicht zu sehen. Und die lautet: Überall an der Schule heißt es erstens, dass du und Niko insgeheim ein Paar seid und dass du es warst, die Niko verführt hat, nicht umgekehrt. Zweitens, dass du dir eigentlich gar nichts aus ihm machst, sondern ihn einfach nur Nicole wegnehmen wolltest. Drittens, dass du ihn bald wieder fallen lassen wirst. Viertens, dass du einfach jeden gut aussehenden Typen haben musst, auch wenn er schon vergeben ist, so wie zum Beispiel der Petzold. Fünftens, dass du deswegen eine Schlampe bist.«

Lulu war kurz davor zu explodieren, aber Simon kam ihr zuvor.

»Ich sage nicht, dass ich so denke.«

»Du sagst aber auch nicht das Gegenteil.«

»Ich sehe mir einfach nur die Tatsachen an, und dabei kommst du nicht besonders gut weg. Auch wenn neunzig Prozent der Gerüchte glatt erstunken und erlogen sind …«

»Sind sie auch.«

»… bleibt immer noch, dass ihr, du und Niko, etwas laufen habt. Stimmt doch, oder? Okay, okay, du willst nicht darüber reden, schon gar nicht mit mir, blablabla. Trotzdem hab ich recht. Und weißt du, was? Das ist eine ganz miese Nummer, die du da abziehst.«

»Was geht denn dich das überhaupt an?«, rief Lulu erregt.

»Eine ganze Menge, weil du nämlich Jenny mit hineinziehst.«

»Spinnst du? Was erzählst du denn für einen Quatsch!«

»Quatsch, ja?« Plötzlich redete Simon sich in Rage. »Du bist ja so mit deinem aufregenden Liebesleben beschäftigst, dass du gar nicht mehr mitkriegst, was links und rechts passiert und wie das alles immer gefährlicher wird. Jenny ist deine beste Freundin, und wenn du dich wie ein – wie ein …«

»Sag's ruhig. Tu dir keinen Zwang an!«

»Wenn du dich wie ein Miststück verhältst, fällt das auch auf Jenny zurück, weil jeder weiß, dass sie dich deckt und auf deiner Seite steht. Bis jetzt stehen die meisten Schüler noch auf deiner Seite, weil du so beliebt bist und es Spaß macht, über deine brandheißen Liebesabenteuer zu tuscheln. Aber nach der Sache mit Petzold sind sich ein paar Leute hier schon nicht mehr so sicher, ob nicht doch etwas an Katis und Nicoles Gerüchten dran ist. Und wenn du gemobbt wirst, ist Jenny auch mit dran.«

»Das geht nur Jenny und mich etwas an. Ich mische mich ja auch nicht in euren Streit ein wegen des Babys, das sie von dir kriegt. Ihr habt gestern doch gestritten, oder? Darum warst du so durch den Wind, als ich dich auf dem Friedhof getroffen habe, und deswegen war Jenny so schlecht drauf. Ihr Jungs seid immer nur gut, wenn es darum geht, die Kinder zu machen, alles Weitere überlasst ihr uns.«

»Du hast überhaupt keine Ahnung.«

»Aber du, ja? Hast ja so viel Ahnung von meinen Problemen.«

»Dein Hauptproblem ist Lars. Was glaubst du wohl, was passiert, wenn er dahinterkommt, was du treibst? Hast du dir darüber mal Gedanken gemacht? Und dass er versuchen könnte, Jenny auszuquetschen? Denkst du eigentlich immer nur an dich?«

Lulu hatte keine Lust, sich den Kram noch länger anzuhören. Idiot, dachte sie und ging davon.

In dieser Nacht schlief sie wenig und unruhig.

* * *

Am nächsten Morgen stand Lulu eine ganze Weile vor der Mensa, unschlüssig, ob sie hineingehen sollte oder nicht. Eigentlich hatte sie keinen Appetit. Aber vielleicht redete sie sich das auch nur ein, weil sie einer Begegnung mit gewissen Mitschülerinnen aus dem Weg gehen wollte. Inzwischen waren noch weitere Schüler im Internat angekommen. Durch die großen Glasfenster erkannte sie Monique, Kati und – Nicole. Ausgerechnet Nicole, Nikos Ex. Keine der drei war gut auf Lulu zu sprechen, am ehesten vielleicht noch Monique, aber mit den beiden anderen an ihrer Seite würde auch sie Lulu schneiden. Lulu gab sich einen Ruck und ging in den Saal, in dem es nach frischen Brötchen roch. Fünf Tage vor dem Ferienende war noch nicht viel Betrieb in der Mensa. Dass sie überhaupt geöffnet hatte, lag am pädagogischen Konzept von Haus Lombardi, das vorsah, dass die über sechzehnjährigen Schüler ohne das Korsett eines Schulalltags die Freizeit miteinander verbringen und die meisten Einrichtungen nutzen konnten. Ein Lehrer und der Hausmeister führten die Aufsicht, waren aber instruiert, die Schüler nicht einzuengen.

Außer den drei Mädels, die sich alle Mühe gaben, durch Lulu hindurchzusehen, befanden sich nur noch zwei Jungs, ganz am anderen Ende des Saales, in der Mensa. Außerdem Simon, der sich sein Frühstück an der Ausgabe abholte. Sie bemerkte, wie Monique, Kati und Nicole zu ihr rübersahen und sich irgendetwas zuflüsterten. Wer weiß, welche Gerüchte sie jetzt schon wieder ausheckten.

Sie ging an den Mädels vorbei, die sie allerdings keines Blickes mehr würdigten, obwohl Lulu ihnen ein »Hallo« zuwarf. Eine Sekunde lang wollte sie sich an Nicole wenden und irgendetwas sagen, was die Wogen glätten würde. Ihr fiel jedoch nichts ein und sie hatte auch ein bisschen Angst vor Nicoles Reaktion. Bisher waren sie sich – und damit einer direkten Konfrontation – aus dem Weg gegangen, der Kampf wurde versteckt und über Dritte ausgetragen. Lulu hätte die Situation gern noch vor Beginn des Schuljahres geklärt und offen mit Nicole gesprochen. Aber war die Mensa dafür der richtige Ort?

Plötzlich wurde ihr das alles zu viel und sie flüchtete mit schnellen Schritten nach draußen.

Halb zehn, und schon kam die Hitze von allen Seiten. Nirgends eine Wolke, aber es war feucht wie in einer Bio-Sauna.

Lulu lief in Richtung Sportplatz. Ihr war danach, sich bei ein paar Übungen abzureagieren. Ihren Sportdress hatte sie schon an: Top, kurze Hose, Sportschuhe, Schweißbänder.

Auf dem Weg zur Halle gingen ihr immer wieder Simons Worte von letzter Nacht durch den Kopf. Er hatte zwar total übertrieben, aber sie musste endlich reinen Tisch machen und ein paar Entscheidungen treffen.

Als sie an einem der Nebengebäude vorbeikam, wo Billardtische, Tischfußball und Flipperautomaten standen, hörte sie die Stimmen von Lars und Niko. Die Jungs spielten Flipper. Wobei *spielen* nicht ganz das richtige Wort war. Mit hochrotem Kopf hämmerte Lars wie verrückt auf den Automaten ein, und als ihm die Kugel durchflutschte, fluchte er, als hätte er gerade sein komplettes Vermögen beim Pokern verloren. Zwei, drei Tritte brachten den Automaten zum Scheppern. So unbeherrscht hatte Lulu ihren Freund noch nie gesehen. Niko war etwas entspannter, er lag in Führung, aber auch er war hoch konzentriert, sodass keiner von beiden bemerkte, dass Lulu am Türeingang stand.

Instinktiv spürte sie jemanden hinter sich.

»Kati.«

Aus Katis Augen leuchtete der ganze Hass, den sie für Lulu

empfand, immer schon empfunden hatte, seit sie sich im Haus Lombardi zum ersten Mal begegnet waren. Sie hätte mit ihren blondierten Haaren, der Stupsnase und dem schönen braunen Teint hübsch sein können, wenn die Missgunst und die Schadenfreude ihr Gesicht nicht so entstellt hätten.

»Na, du genießt wohl dieses Schauspiel?«, fragte Kati voller Verachtung.

»Wovon redest du?«

»Stell dich nicht dümmer, als du bist. Die beiden Jungs spielen um dich, ich hab sie vorhin zufällig belauscht. Genau das hast du doch immer gewollt. Fehlt nur noch, dass der Petzold mitspielt.«

Bevor Lulu etwas erwidern konnte, haute Kati ab, um den Buschfunk anzukurbeln.

Kati

Was denn? Was soll mir leidtun? Ich hab nichts falsch gemacht. In die Scheiße hat Lulu sich selbst reingeritten. Ja, die anderen, die machen jetzt alle auf Betroffenheit und so, flenn, flenn, das wollten wir nicht, heul, heul, und so war es doch gar nicht gemeint, schluchz, schluchz, und wenn wir es rückgängig machen könnten, dann … Echt, da krieg ich das große Kotzen. Ich steh zu allem, was ich gemacht hab. Von mir null Reue, ganz ernsthaft, null. Lulu hat sich das alles selbst zuzuschreiben.

Klar geb ich's offen zu: Ich hab sie von Anfang an nicht leiden können. Im Nachhinein wird von mir behauptet, ich wäre scharf auf Lars gewesen, aber das ist großer Quark. Den hätte man mir nackt auf den Bauch binden können, und ich hätte nur gähnend gefragt, wie lange noch. Echt. Aber über Lars will ich jetzt nicht reden. Reden wir über Lulu, Madame Großmaul.

Die hat sich aufgeführt wie eine Königin. Wir waren in derselben Klasse, und dieses bescheuerte Lombardi-Konzept hat ja kleine Gruppen vorgesehen, in denen wir immer alles Mögliche austüfteln sollten, zum Beispiel in Gesellschaftskunde eine Verfassung entwerfen und ähnlichen Kram. Dummerweise waren wir oft in einer Gruppe. Lulu hat alles dominiert. Die musste nur den Mund aufmachen, und schon haben alle applaudiert. Wie verhext. Und wenn ich mal einen Vorschlag gemacht hab, wurde der zerredet bis zum Gehtnichtmehr. Von überall hieß es, Lulu ist ja so witzig, Lulu ist ja so hilfsbereit. Hallo? Wo ist das Brechmittel?

Lulu war nichts von alledem. Sie war doch nur hilfsbereit und witzig, weil sie im Mittelpunkt stehen wollte. Und wie sie mich beim Joggen überholt hat, so supercoolmäßig nach dem Motto: Na Kati, müde Knochen? Und wie sie immer mit Lars turtelte, wenn ich in der Nähe war. Und wie sie mir beim Volleyball nie den Ball zugeworfen hat und immer selbst den Treffer machte, obwohl ich viel besser als sie zum Netz stand. Und wie sie in der Schülerzeitung Sachen für *out* erklärt hat, die ich kurz vorher getragen oder gemacht hab. Das war doch alles *Absicht.* Ja, jetzt sagen alle, sie hätte doch nie ein einziges böses Wort über mich verloren. Aber das war ja gerade ihre Masche. Die hat das ganz raffiniert gemacht.

Genau darum geht es – sie war ein raffiniertes Biest. Und ich bin halt geradeheraus. War ich schon immer. Ich kann Falschheit einfach nicht ab.

Die Sache mit Lars und Niko ist doch der beste Beweis. So was würde mir nie einfallen. Wenn ich von einem Jungen die Schnauze voll hab, sage ich ciao, und das war's. Aber Lulu konnte den Rachen ja nicht vollkriegen. Warum sich mit einem abgeben, wenn frau auch zwei haben kann, das war ihre Denke.

Und warum dann nicht gleich drei oder vier? Früher oder später laufen solche Chicks doch immer voll gegen die Wand. Na, und bei Lulu war es halt ein bisschen früher. That's life.

Die musste mal von ihrem hohen Ross geholt werden, und die Sache mit Niko war die beste Gelegenheit dafür. Ich hab ihr so richtig eins ausgewischt. Nicole war ja viel zu zaghaft, die hätte ja nach einer Woche schon wieder Ruhe gegeben. Ich hab gesagt, nix da, jetzt gehen wir in die Vollen, und dann hab ich überall rumposaunt, was Lulu der armen Nicole angetan hat.

Zuerst hat das nicht so richtig gezündet. Klar, keiner fand toll, was da ablief – weil ja auch Lars so beliebt war. Trotzdem haben die meisten darüber schulterzuckend hinweggesehen und fanden es eher interessant, was da ablief und wie es wohl weitergehen würde. Aber dann hab ich Nicole mit einer Rasierklinge am Handgelenk erwischt, und sie hat mich so depri angeguckt und gesagt, sie würde sie vielleicht irgendwann mal benutzen. Das hab ich rumerzählt, ein kleines bisschen dramatisiert, und schwuppdiwupp stand Lulu schon nicht mehr ganz so strahlend da. Die Gerüchteküche brodelte auf Hochtouren.

Eigentlich hätte ich von da an Ruhe gegeben. Aber dann hat Lulu einen Fehler gemacht. Sie hat sich nämlich so richtig mit mir angelegt.

Als ich eines Abends von der Mensa in mein Zimmer kam, war die Tür aufgebrochen, und auf meinem Badezimmerspiegel stand, mit Lippenstift oder roter Farbe geschrieben: Stirb, Hexe!

Nicole bekam dieselbe Drohung. Das konnte doch nur von Lulu stammen. Wer sonst wäre da infrage gekommen? Das fand auch Heiko, mit dem war ich zu der Zeit gerade zusammen. Ich, Nicole, Heiko und sein Kumpel Ritchie haben dann beschlossen, es Lulu heimzuzahlen. Aber nicht, indem wir die Sache meldeten. Wir hatten ja keine Beweise.

Lulu wollte Krieg? Den konnte sie haben. Heiko hackte ihren Computer und schickte einen Virus drauf, und immer, wenn sie den Rechner anmachte, ploppte eine Fotomontage auf, die sie beim Sex in irren Stellungen zeigte. Außerdem bestellte er aus Erotik-Katalogen Sachen für sie, Dildos, Vibratoren, Strapse … Nicole rief bei Lulus Eltern an und quatschte irgendwas – von wegen Nutte als Tochter oder so – mit verstellter Stimme aufs Band.

Und ich … Lulus wunde Stelle war Lars. Er hatte ja noch nicht kapiert, was eigentlich abging – der Hellste war er ja nie gewesen. Ich fand, der arme Knabe gehörte aufgeklärt oder wenigstens auf eine Spur gebracht. Ich steckte einen Zettel in sein Postfach, auf dem ich anonym schrieb: »Hallo, Artus, rate mal, womit dein Weibchen sich die Zeit vertreibt und mit wem!« Bin durch den Englischunterricht darauf gekommen, wo es gerade um englische Sagen ging. Lars hat bestimmt ein Weilchen gebraucht, bis er den Sinn hinter der Botschaft erkannt hat, und auch dann hat er die Wahrheit noch nicht sehen wollen.

Und dann kam Lulu plötzlich mit ihrer Petzold-Geschichte an. Ich persönlich hab ihr kein Wort geglaubt. Ziemlich durchschaubar, die Nummer. Sie wollte sich als Opfer hinstellen und dadurch Sympathien gewinnen. Nix da, nicht mit mir!

Ich hab dafür gesorgt, dass wir im Volleyball-Team über ihren Ausschluss abstimmen – im Haus Lombardi geht das, da wird über jeden Pups abgestimmt. Ich hab argumentiert, dass Petzold unser Meister-Trainer ist und dass, wenn dann von einem Mitglied unserer Mannschaft eine so heftige Beschuldigung ausgesprochen wird, unsere Leistung darunter leiden wird. Lulu hat die Abstimmung zwar mit vierzehn zu sechs für sich entschieden, trotzdem war sie ein bisschen angeschlagen.

Und so gingen wir in die Ferien.

Damit eine Sache mal gleich geklärt ist: Ich hab immer mit offenem Visier gekämpft. Jeder wusste, was ich von Lulu halte, und ich hab nix hintenrum gemacht, bis sie die Nummer in meinem Bad abgezogen hat. Feige Kuh. Nicole war frustriert und ich hab ihr geholfen. Lars war der Betrogene und ich hab ihn aufgeklärt. Petzold war ein super Trainer und ich hab zu ihm gehalten. Und dafür hackt man jetzt auf mir herum? Außerdem war das zwei Monate vor dem – dem – dem Unglück. Also kann man doch mir nicht die Schuld daran geben! Hä, hallo, geht's noch?

Ich hab mit Lulu zum letzten Mal am Tag vor dem … Unglück gesprochen. Da haben Lars und Niko um sie geflippert, und ich hab ihr gesagt, was abgeht. So, das war's, mehr hab ich nicht gemacht. Ich hab ihr kein Blut ins Zimmer geschüttet, sie nicht im Keller eingesperrt …

Das ist jetzt fast ein Jahr her, und ich bekomme immer noch jeden Tag gemeine E-Mails und SMS und WhatsApps, die mich für alles verantwortlich machen. Auf Facebook werden Sachen über mich erzählt … Da beteiligen sich Leute aus ganz Deutschland dran. Ich hab sogar schon Kommentare auf Englisch und Französisch gelesen, aus Liverpool, Philadelphia, Paris, Melbourne, Saskatchewan … Saskatchewan – wo zum Kuckuck liegt *das* denn? Man muss sich diese Scheiße mal reinziehen! Echt, die haben doch alle einen an der Waffel!

9

Lulu legte sich in eines der Ruderboote, die der Schule gehörten, und sah in den Himmel. Sie hatte das auch früher schon manchmal gemacht und sich dort immer wohlgefühlt. Das leichte Schwanken des Bootes, das dumpfe Glucksen des Wassers, wenn es gegen den Rumpf schlug, das Spiel der Lichtreflexionen, ab und zu eine glitzernde Libelle – das alles beruhigte sie. Nur die Mücken störten, diese winzigen Mücken, die in Schwärmen über dem See tanzten und die lästige Angewohnheit hatten, in die Augen und den Mund zu fliegen. Daher schloss Lulu die Lider und atmete flach, und sie bewegte sich möglichst wenig, um nicht gleich wieder schwitzen zu müssen. Die Luft stand wie in einem geschlossenen Raum.

Als das Boot wenig später stark wackelte, öffnete sie die Augen.

»Hi!«, sagte Lars und lächelte über das ganze Gesicht. »Wusste ich doch, dass ich dich hier finde. Bist in nachdenklicher Stimmung, was?«

Lulu richtete sich auf. »Und du in wahnsinnig guter, wie mir scheint. Hast du gewonnen?«

»Hä?«

»Kati hat mir erzählt, dass du mit Niko um mich geflippert hast.«

»Ach Kati, diese Giftspinne.«

»Hat die Giftspinne gelogen?«

Lars verdrehte die Augen. »Nein, aber – so what? Wozu die Aufregung?«

»So what? Das ist alles, was dir dazu einfällt? Habe ich vielleicht auch noch ein Wörtchen dabei mitzureden, mit wem ich Zeit verbringe? Du hast dich im Jahrhundert geirrt, wenn du glaubst, dass ich –«

»Jetzt komm mal runter von der Laterne und entspann dich. Ich rudere uns auf den See, ja? Hab den Schlüssel für die Kette vom Hausmeister geklaut. Fertig? Und los geht's.«

Er zog sein Shirt aus und legte sich kräftig in die Riemen. Das Boot pflügte pfeilschnell durchs Wasser. Zweifellos wollte Lars sie mit seiner Stärke beeindrucken. Er hatte es immer verstanden, sich in Szene zu setzen, und tatsächlich waren sein gutes Aussehen und der trainierte Körper das Erste gewesen, worauf Lulu angesprungen war.

Nach einer Minute glänzte der Schweiß auf seiner Haut.

»Wir baden nackt im See«, sagte er. »Dann chillen wir im Boot. Und dann suchen wir uns ein hübsches Plätzchen irgendwo am Ufer und – na, lass dich überraschen. Keine Sorge, ich hab Gummis dabei.« Lars zwinkerte ihr verschwörerisch zu.

Lulu seufzte und schüttelte sacht den Kopf. »Du hast mir überhaupt nicht zugehört«, murmelte sie. Die Worte strömten einfach aus ihr heraus wie aus einem überlaufenden Gefäß. »Eigentlich hast du mir nie zugehört. Du nimmst dir einfach immer alles, was du haben willst, so wie meinen Tag, so wie den Schlüssel für dieses Boot ...«

»Seit wann bist du spießig? Der Hausmeister hätte uns nie außerhalb des normalen Schulbetriebs auf den See fahren lassen.«

»Das blöde Boot ist mir doch völlig egal«, rief sie. »Es geht darum, dass du glaubst, ich sei ein Pokal, über den du ein Kondom stülpst.«

Lars schwieg und ruderte noch schneller, so als würde er vor etwas fliehen.

Sie sagte: »Falls du es noch nicht kapiert hast: Ich bin keine Autogrammkarte von Lukas Podolski und auch kein Konzertticket für One Direction. Man kann nicht um mich spielen und schon gar nicht um mich flippern. Das muss man sich mal auf der Zunge zergehen lassen! Ein Flippermatch! Verlass dich drauf, ich werde Niko genauso wie dir den Kopf waschen, was das angeht. Aber mal ehrlich, die Idee dazu hast du gehabt. Das ist ganz eindeutig dein Stil. Du glaubst, du könntest alle Probleme mit einem Wettkampf lösen. Und hör endlich mit diesem bekloppten Gerudere auf.« Lars ließ die Ruder schlagartig fallen. Seine Wangenknochen mahlten.

»Was wird das, ein Vortrag?«, fragte er. »Okay, wir müssen reden. Die Spatzen pfeifen deine Affäre mit Niko von den Dächern. Sogar im Kaff nebenan redet man darüber. Jeder Dorftrottel weiß es, nur ich erfahre es als Letzter. Je eher wir Klartext reden, desto besser. Aber lass diesen Tonfall sein, den kann ich nicht ab. Außerdem ist es ziemlich daneben, wenn ausgerechnet *du* die Moralische heraushängen lässt. *Du* kannst dir das nicht erlauben. *Du* nicht!«

Lulu atmete tief durch. Sie wusste, dass er recht hatte. »Einverstanden«, sagte sie und schraubte ihre Lautstärke und Erregung nach unten.

Eine Weile sprach keiner etwas, und da es nicht aussah, als wollte Lars das Thema von sich aus anschneiden, tat sie es. Im Grunde genommen war es auch allein ihre Aufgabe, aber es fiel ihr trotzdem nicht leicht. Sie hatte das Gefühl, etwas zu beenden, was eigentlich doch ganz schön gewesen war. Nur war es mit Niko eben irgendwie – ja, noch schöner. Oder besser gesagt, Lulu hatte sich entwickelt, verändert, und ihr wurden nun Dinge wichtig, die Niko verkörperte, ein bisschen Romantik, Kreativität, Zärtlichkeit, eben mehr als einfach nur Sport und äußerer Schein, das Traumpaar spielen und so weiter.

»Mal ehrlich, Lars, du merkst doch auch, dass es in letzter Zeit zwischen uns nicht mehr so ist wie früher.«

»Ja, wegen Niko.«

»Nein, schon vor Niko.«

»Finde ich nicht«, sagte er mit trotzigem Gesicht.

»Wir sollten jetzt ehrlich miteinander sein«, sagte sie, und so langsam fiel ihr das tatsächlich leichter. Vielleicht lag es daran, dass sie ganz allein mitten auf dem See waren, weit weg von den anderen. Es sprach sich leichter in dieser Abgeschiedenheit. Was sie hier bereden würden, bliebe unter ihnen.

»Als du gemerkt hast, dass ich ein bisschen mehr Zeit für mich brauche«, sagte Lulu, »hast du sie mir an anderer Stelle genommen. Du bist einfach mit mir Joggen gegangen, obwohl du wusstest, dass ich lieber allein laufe. Also *hast* du eine Veränderung unserer Beziehung bemerkt.«

»Allein joggen ist blöd.«

»Das ist deine Meinung, aber nicht meine, und ich habe dir das auch mehrmals gesagt. Du hast es ignoriert. Und das ist es, was ich meine. So bist du in vielen Dingen, Lars. Du glaubst, einen Besitzanspruch auf alles zu haben, was dir gefällt. So funktioniert das nicht. Du hast keinen Anspruch auf mich und meine Zeit und meine Liebe – da kannst du der Flipperkönig von Las Vegas werden, das ändert auch nichts daran. Niko ist ganz anders …«

Lars sah sie plötzlich böse an, geradezu feindselig, und sie ging sofort darauf ein. »Ja, ich weiß, es ist nicht gerade toll, wenn ich dir von einem anderen Jungen vorschwärme. Aber irgendwie muss ich dir doch erklären, wie es dazu gekommen ist, oder? Niko ist zurückhaltender, er lässt mir mehr Raum, und den brauche ich nun mal. Er hat halt – er hat irgendwie den Nerv bei mir getroffen, und ich …« Sie schluckte. Sie kam um den nächsten Satz einfach nicht mehr herum. »Und ich habe mich in ihn verliebt. So, jetzt ist es raus. Es tut mir leid, dass ich so lange ein doppeltes Spiel gespielt habe. Ich wollte das nicht, ich war mir über meine eigenen Gefühle nicht im –«

»Wenn du dich von mir trennst«, unterbrach er sie, »wenn du das tust, dann – dann bringe ich mich um.«

Lulu war so geschockt, dass ihr erst einmal die Stimme wegblieb. »Lars, das – so etwas darfst du nicht sagen.«

»Ich schwöre es, ich bringe mich um. Ich spring mit einem Stein in den See oder ich häng mich auf. Wart's ab, ich tu's.«

Es wurde ganz still um Lulu. Das Boot trieb leise auf dem See, es schwankte leicht. Alle Geräusche schienen zu verstummen. Lulu rieb ihre Wange.

»Ich glaube, ich weiß, woher das bei dir kommt«, flüsterte sie betroffen. »Ich meine deine Angst, etwas nicht zu bekommen, was du haben willst, oder etwas zu verlieren. Wer von seinen Eltern so behandelt worden ist wie du, der …«

»Lass meine Eltern aus dem Spiel!«, warnte er.

»Ich kann ja verstehen, dass du –«

»Halt's Maul«, schrie er und stand plötzlich auf. Das Boot bekam Schlagseite und beinahe wären Lars und Lulu in den See gefallen. Im letzten Moment konnten sie es stabilisieren.

»So, das reicht mir jetzt«, sagte Lulu. »Ich habe wirklich versucht, vernünftig mit dir zu reden.«

Er hielt sich die Ohren zu. Sie hatte gleichzeitig Mitleid mit Lars und war sauer auf ihn. Ihr mit Selbstmord zu drohen, das fühlte sich an wie ein Schlag in die Magengrube. Erst musste er sich zusammennehmen, dann konnten sie noch mal miteinander reden, vorher nicht.

»Ich will aussteigen. Rudere mich ans Ufer zurück.«

Als er die Hände nicht von seinen Ohren nahm, riss sie sie herunter. »Ich habe gesagt, dass du mich bitte ans Ufer rudern sollst. Irgendwo absetzen, da drüben zum Beispiel. Ich laufe allein zurück. So hast du Gelegenheit, mal darüber nachzudenken, was du für eine Scheiße von dir gibst.«

Widerstrebend und schweigsam ruderte er sie ins flache Wasser. Lulu zog sich die Schuhe aus, sprang aus dem Boot und stapfte ans Ufer. Ohne sich noch einmal umzuwenden, verschwand sie im Wald.

Selten war sie so aufgeregt gewesen. Noch nie hatte ihr jemand so etwas Schockierendes gesagt. Und als er gebrüllt hatte, da waren die bösen Blicke aus seinen Augen gesprüht wie Metallfunken. Lulu hatte sich einen Moment lang tatsächlich vor Lars gefürchtet, *ihrem* Lars!

Sie hielt sich nahe am Ufer, ging sehr schnell und entschlossen, aber kaum hatte sie Lars hinter sich gelassen, musste sie sich eingestehen, keinen Plan zu haben, wo sie sich eigentlich befand. Der See war verästelt, es gab Ecken, wo sie noch nie gewesen war, auch einige Schutzgebiete, wo Seevögel brüteten.

Sie versuchte sich zu orientieren. Hohes Schilf wuchs am Ufer, das in Kurven und Ausbuchtungen verlief, und der Wald war dicht.

Nach einer halben Stunde kam sie zu der kleinen, sandigen Bucht, wo sie sich ans Wasser setzte. Die kleinen Wellen umspülten ihre glühenden Füße. Etwas Sanftes zu spüren, tat ihr sehr gut, und sie dachte an Niko und seine Songs, die genau das waren – sanft, zärtlich. In der Ferne verschwand das Ruderboot gerade aus ihrem Blickfeld, und in diesem Moment wusste sie – ja, sie war sich nun sicher –, dass sie Niko liebte, und zwar auf eine ganz andere Weise, als sie Lars geliebt hatte. In Lars war sie *ver*liebt gewesen, von Anfang an: in sein Gesicht, seine körperliche Ausstrahlung, sein männliches Auftreten, ja manchmal sogar in seine Dominanz. Aber sie hatte dieses Stadium des Verliebtseins nie verlassen. Es war nichts hinzugekommen. Wenn sie jetzt an Niko dachte, war da viel mehr, nicht bloß einzelne Merkmale seiner Persönlichkeit, also dass er eine schöne Stimme und eine romantische Ader hatte, musikalisch war ... Sie liebte ihn als ganzen Menschen. Zum Beispiel hatte sie längst mit ihm über den Tod seiner Eltern gesprochen und es war ein sehr intimes Gespräch über ein sehr trauriges Thema gewesen. Niko zeigte ihr seine Schwächen. Gab es einen größeren Vertrauensbeweis? Nur manchmal kam etwas über ihn, dann schottete er sich ab, trieb sich im Wald oder sonst wo herum ... Aber diese kurzen, seltenen Launen gewährte sie ihm angesichts seines Schicksals.

Lars war anders, kehrte immer den starken Macker heraus, dabei war er eigentlich sehr verletzbar, klammerte sich an ihr fest wie ein Ertrinkender an eine Planke. Es tat Lulu im Innersten weh – aber sie war nun mal keine Planke, kein Stück Treibholz, das nur dafür gut war, jemanden über Wasser zu halten. Jemanden, der im Falle, dass sie sich weigerte, damit drohte, jeglichen Schwimmversuch zu unterlassen und einfach unterzugehen.

Lars erpresste sie mit seinem Tod. Das brachte sie in eine weit schlimmere Lage, als wenn er sie mit *ihrem* Tod bedroht hätte. So etwas wäre für sie leichter gewesen, denn dann hätte sie Lars verachten und verabscheuen können. Sie könnte ihn dann einfach aus ihrem Herzen schmeißen.

Das war das, was Herr Schrödinger, der Philosophielehrer, ein Dilemma nannte. Sie hatten es im letzten Schuljahr durchgenommen. Das Gegenteil einer Win-win-Situation. Lulu konnte nur verlieren. Jetzt, wo sie wusste, dass sie Niko – und nur Niko – liebte, lief sie Gefahr, durch einen einzigen Schritt am Tod eines Menschen mitzuwirken, den sie immer noch mochte und dessen Schicksal sie berührte. Vielleicht wäre sie nicht schuld an seinem Tod, aber doch irgendwie daran beteiligt, und das würde sie sich nie verzeihen.

Niko musste das regeln. Er hatte einen besonderen Zugang zu seinem besten Freund. Jetzt, wo die Katze aus dem Sack war, konnte Niko offen reden, und Lulu war sich sicher, dass er die Sache mit Lars schon irgendwie hinbiegen würde. Sobald das geklärt wäre, würde sich auch alles andere in Rauch auflösen, die Gerüchte, die seltsamen Vorfälle, die ganz bestimmt mit Mobbing zu tun hatten.

Sie war ein wenig erleichtert, jedenfalls fühlte sie sich so gut wie seit Tagen nicht und erwischte sich sogar dabei, wie sie einen Song von Niko, *den* Song, vor sich hin summte.

Sie bekam eine irre Sehnsucht nach ihm, zog das Handy hervor und schrieb ihm eine Nachricht: *In einer Stunde auf dem Dorfplatz? Eis essen, dösen …? Nur wir zwei.*

Nach zwanzig Sekunden kam ein Smiley.

Lulu freute sich. Bis zu dem Treffen war noch etwas Zeit, und so setzte sie sich auf den Sandboden, betrachtete gedankenversunken den schillernden See und sah sich schließlich auch die kleine Sandbucht genauer an. Sie war abgelegen, sehr hübsch, und der kleine Pfad in den Wald deutete darauf hin, dass sie von Dorfbewohnern, vielleicht von Liebespärchen, aufgesucht wurde.

Lulus Blick fiel auf einige ausgebrannte, rote Grablichter zwischen den Baumwurzeln, vielleicht Überbleibsel eines Picknicks oder einer kleinen Party. Aber dann bemerkte sie auch ein Foto, das in einer Plastikhülle steckte. Sie wurde neugierig und kroch hinüber.

Tatsächlich, es war das Foto einer jungen Frau in Lulus Alter. Die Sonne hatte das Foto ausgebleicht und die Gesichtszüge waren nicht mehr so genau zu erkennen, trotzdem fiel Lulu auf, dass das Mädchen ihr ein bisschen ähnlich sah – die Form und Farbe der Augen, das leicht spitze Kinn, wie sie die Haare trug … Was dieses Foto wohl zu bedeuten hatte? Wer hatte es dorthin gelegt? Offensichtlich war dieses Mädchen im See zu Tode gekommen. War es ein Unfall gewesen? Ein Verbrechen? Selbstmord?

Das Foto machte Lulu traurig. So jung zu sterben – wie schrecklich. Sie legte sich in den warmen Sand und dachte darüber nach, wurde müde, ohne dass sie es merkte, und schlief schließlich ein.

* * *

Lulu erwachte von einem Schrei, hell, gequält und lang, als würde eine Frau vor Angst durchdrehen. Es klang wie der Schrei, den sie gestern schon einmal gehört hatte. Sie sprang auf und sah sich hektisch um.

Der Schrei war verklungen. Niemand war zu sehen. Aus den Augenwinkeln bemerkte sie, dass sich irgendetwas in der Bucht verändert hatte. Langsam und ein bisschen ängstlich fiel ihr Blick zu Boden. Dort stand, mit Blut in den Sand geschrieben: CRY!

Lulus erster Instinkt war wegzulaufen, irgendwohin, nur fort von diesem Ort. Aber gleich im nächsten Moment siegte die Vernunft über ihre Angst. Wer immer das geschrieben hatte – er hätte sie im Schlaf überraschen und ihr etwas antun können, wenn das seine Absicht gewesen wäre. Jemand versuchte sie einzuschüchtern. Doch warum? Was hatte das zu bedeuten: Cry? War damit der Schrei gemeint, den sie hörte? Ein Hilfeschrei? Befahl ihr jemand zu schreien? Zu weinen? War dieses Wort ein Hinweis auf etwas, was passiert war oder erst noch passieren würde?

Während sie langsam durch den Wald in Richtung Dorf ging, wurde sie das Gefühl nicht los, beobachtet zu werden. Allerdings konnte sie niemanden entdecken, sosehr sie sich auch anstrengte. Erst als sie den Wald bereits verlassen hatte und einen schmalen Weg durch Weizenfelder ging, fiel ihr plötzlich ein Mann auf, der wie aus dem Nichts gekommen zu sein schien und ihr folgte. Lulus Herz klopfte immer heftiger, je näher ihr der Mann kam. Als er schließlich an ihr vorüberging, sah er sie kurz an, spazierte aber dann ganz normal weiter und sah sich auch nicht um.

Sonst begegnete sie niemandem mehr, bis sie am Dorfplatz ankam, wo Niko bereits auf sie wartete.

Schon Nikos bloßer Anblick beruhigte Lulu, und als er sie umarmte, wünschte sie sich, für immer so stehen zu bleiben, ihn nie wieder loslassen zu müssen. Wie üblich ging von ihm etwas Besonderes aus … Er war irgendwie geerdet. Seine Ruhe hatte nichts Gleichgültiges an sich. Wieder fiel Lulu auf, wie unglaublich verschieden Lars und Niko waren, obwohl sie beide ein ähnliches Schicksal teilten. Lars schien zu glauben, dass er dem Schicksal bereits einen hohen Tribut gezahlt habe und deswegen keine weiteren Verluste akzeptieren müsse. Er hatte sich in die Vorstellung verbissen, dass von nun an alles nach seinem Willen gehen müsse. Niko hingegen war dankbar für jeden einzelnen Tag, und die schönen Dinge des Lebens betrachtete er als Leihgaben, die er sorgsam behandeln musste.

»Ich möchte allein mit dir sein«, wünschte sich Lulu.

»Wir sind doch allein.«

»Ich meine dauerhaft. Irgendwo auf einer einsamen Insel, wo es keine Schule gibt, keine bekloppten Jungs, keine fiesen Mädels, keine sexsüchtigen Lehrer. Einfach nur dich und mich.«

»Ich Tarzan, du Jane.«

Bei dieser Vorstellung musste sie lächeln. Wie gut das tat. Er hatte seine Gitarre mitgebracht, die er jetzt zur Hand nahm.

»Mein neuester Song«, sagte er, »ich habe ihn in den Ferien geschrieben, als ich dich so vermisst habe, dass es kaum auszuhalten war.«

Sie saßen auf einer Bank im Schatten einer Linde und Niko spielte sein Lied.

Niko

Waking up in the moonlight.
You're away and I miss you so badly.
It doesn't feel right
To be without you.
I am in love with you madly.
Oh, I'm so blue
Playing for hours, Lulu.
[…]

Ich spiele den Song jeden Tag, manchmal drei- oder viermal, und oft mehrmals hintereinander, wie eine Beschwörung. Als würde sich dadurch eine Wunde schließen. Die Leute in meiner WG – ich bin seit ein paar Wochen achtzehn Jahre alt und habe die Schule verlassen – sind cool drauf, ich mag sie, trotzdem verstehen sie nicht, warum ich mich so quäle. Sie sagen, das bringt mir Lulu auch nicht zurück. Andauernd schleppen sie mich mit zu Partys oder sie brummen mir Hausarbeit auf, Putzen, Einkaufen und so. Klar meinen sie es nur gut – aber sie haben keine Ahnung.

* * *

Lulu, warum tust du mir das an? Warum machst du das? Weil ich nicht stark genug war? Dich nicht beschützen konnte? Deswegen?

Ehrlich, ich habe Angst. Davor, dass ich vergesse. Vergesse, wie du ausgesehen hast. Ja, ich habe Fotos, Tausende von Bildern auf dem Smartphone und sonst wo – die Augen, die Lippen, die Haare und die Hände. Das ist beschissen. Auf den Fotos strahlen deine Augen nicht wirklich lebendig, sie sind starr. Deine Lippen berühren meine nicht. Die Haare bewegen sich keinen Zentimeter, ganz egal wie stark der Wind pfeift. Von deinen Händen geht weder die Wärme aus, die ich spürte, wenn sie mein Kinn, meine Brust, meinen Rücken streichelten, noch die Kälte eines frostigen Frühlingstages, wenn es mir gefiel, sie zu reiben. Und was ist mit deinem Lachen, deiner Stimme? Die kleinen Filme, die ich von dir habe, erzählen mir doch immer nur dasselbe, wieder und immer wieder. Ich kann dich nichts mehr fragen …

Nur hier, hier kann ich: Warum meldest du dich nicht, Lulu?

Ja, ich kenne den Polizeibericht. Ich kenne ihn besser als die Bullen, die ihn geschrieben haben. Eine Kopie davon liegt in meiner Schreibtischschublade, und manchmal stehe ich mitten in der Nacht auf und lese ihn zum tausendsten Mal, tausendundersten Mal, zum tausendundzweiten Mal … Oder ich komme aus der Dusche, tropfnass, und kann nicht anders als ihn hervorholen. Irgendwie hoffe ich, dass es ein Missverständnis ist, dass irgendjemand etwas übersehen hat. Ich war auf dem Dorfplatz, wo ich dir den Song zum ersten Mal vorgespielt habe – und zum letzten Mal. Ich war am See, dort wo es passiert ist. Überall habe ich dich gesucht oder besser gesagt, etwas von dir, deinen Duft, dein Lachen ... Dasselbe habe ich nach dem Tod meiner Eltern gemacht. Ich habe mich mit einem handgestrickten Schal meiner Mutter und dem Lieblingsfüllfederhalter meines Vaters irgendwohin verkrochen. In den Wald zum Beispiel, weil meine Mutter Waldspaziergänge liebte, oder in die Nähe eines Tennisplatzes, wo ich stundenlang dem Ploppen der Bälle zugehört habe, weil mein Vater diesen Sport so toll fand. Dort habe ich die Gegenstände befühlt, habe an ihnen gerochen ... In diesen Phasen war ich dann verschlossen, abweisend ... Aber nie war es so schlimm wie gerade, jetzt, wo es so aussieht, als hätte ich auch dich verloren.

Alle schreiben und sagen mir dasselbe: »Gib auf.« Die Polizisten, die Presse, deine Eltern, die WG-Crew – aber sie irren sich. Ich spüre: Du bist noch hier, irgendwo, in meiner Welt.

Und deswegen singe ich. Zu singen, das ist für mich wie zu rufen. Ich rufe so lange, bis du zu mir zurückkommst. Oder ich zu dir.

10

Lulu musste immer wieder an das Mädchen denken. Dabei gab es so viel anderes, das sie in diesem Moment gern getan, an das sie lieber gedacht hätte. Niko war bei ihr, spielte Gitarre, schenkte ihr ein Lied. Ihr Hinterkopf lag in Nikos Schoß, sie hatte die Beine angewinkelt, ein Fuß wippte in der Luft, ein leichtes Lüftchen streifte ihre Haut, durch die Blätter der Linde funkelte die Sonne ... Sie war fast glücklich in diesen Minuten. Und doch ging ihr das Mädchen nicht aus dem Kopf, das sie gar nicht kannte, von dem es nur ein verblichenes Foto gab.

»Hat es dir nicht gefallen?«, fragte Niko.

»Es war wunderschön«, antwortete sie ehrlich, aber er merkte, dass sie nicht ganz bei der Sache war. Niko hatte ein sehr feines Gespür für ihre Stimmungen.

»Geht es um Lars?«, fragte er. »Ihr habt euch ausgesprochen, oder? Als er von der Bootstour zurückkam, hat er die Türen geknallt, dass das ganze Gebäude gewackelt hat.«

»Er hat gedroht, dass er sich umbringt, wenn ich Schluss mit ihm mache.«

»Harte Nummer. Aber er ist nicht der Typ für so etwas. Ich rede mit ihm.«

»Heute noch?«

Er nickte und Lulu seufzte erleichtert.

Er zupfte ein paar Akkorde auf der Gitarre, hielt dann jedoch inne. »Da gibt es noch ein anderes Problem, habe ich recht?«

»*Ein* anderes Problem? Ich habe so viele Probleme wie andere Frauen Schuhe. Die Sache mit Petzold, dann der verrückte Simon, der mir andauernd über den Weg läuft, die ganzen Gerüchte – und jetzt auch noch diese seltsamen Vorfälle.«

Sie erzählte ihm, was sie vor einer Stunde am See erlebt hatte. »Dieser unheimliche Schrei, Niko – der war, als würde *sie* schreien.«

»Sie?«

»Das Mädchen. So als würden sich die letzten Sekunden ihres Lebens noch einmal abspielen.«

Seine Hand legte sich auf ihre Stirn, streichelte sie, spielte mit einer Haarsträhne. »Du weißt, dass es so etwas nicht gibt.«

»Ich glaube so wenig an Geister wie du. Trotzdem ist es merkwürdig, weil ich … irgendwie eine Verbindung zu diesem Mädchen habe. Ich kann es mir selbst nicht erklären. Dabei kenne ich noch nicht einmal ihren Namen.«

»Mandy.«

Lulu richtete sich auf und blickte Niko verwundert an. »Woher weißt du das?«

»In der Schule gab es damals einen Aushang der Polizei – du weißt schon, ob jemand etwas gesehen hat und so. Du warst gerade nicht da, wegen der Malaria, die du aus dem Osterurlaub mitgebracht hast.«

Lulu erinnerte sich ungern. Einen ganzen Monat hatte sie sich in einem Einbettzimmer im Krankenhaus gelangweilt.

»Was ist denn nun wirklich mit ihr passiert?«, fragte Lulu.

»Ertrunken, soviel ich weiß«, antwortete Niko. »Aber man hat ihre Leiche nie gefunden.«

»Heißt das, sie – sie liegt noch immer im See?«

»Keine Ahnung.«

»Und wie ist sie ertrunken? Ich meine, wurde sie ... Oder hat sie sich ...?«

»Ich kann's dir nicht sagen, Lulu. Am besten, du fragst jemanden aus dem Dorf.«

»Wen denn? Ich kenne hier doch niemanden.«

Nikos Blick ging zu dem kleinen Tante-Emma-Laden. »Hattest du vorhin nicht etwas von Eis geschrieben?«

Die alte Frau hinter dem Ladentisch sah aus, als würde sie im nächsten Moment in sich zusammenfallen. Sie war klein und dürr, ihre Haut so aschfahl wie die Haare, die sie zu einem strähnigen Knoten gebunden hatte. In ihren wässrigen grauen Augen lag der ganze Kummer eines langen Lebens, und Lulu zögerte, ausgerechnet diese gebrechliche Greisin auf die Tragödie anzusprechen, die sich vor fünfzehn Monaten in dem Örtchen abgespielt hatte.

Aber als Lulu das Geld auf den Tisch legte, fiel ihr Blick auf ein kleines Foto, das an die Wand gepinnt hing. Es zeigte tatsächlich Mandy.

»Wer ist denn das?«, fragte Lulu, sich ein Herz fassend.

Statt eine Trauermiene zu zeigen, wie Lulu befürchtet hatte, ging ein seliges Lächeln über das faltige Gesicht der Greisin.

»Meine Enkelin. Sie heißt Mandy, wissen Sie? Oh, was für ein liebes Kind sie war. Mindestens zweimal in der Woche hat sie mich besucht, dann haben wir geredet. Sie hat mir immer alles erzählt – oder wenigstens fast alles. ›Oma‹, hat sie immer gesagt, ›du bist meine beste Freundin.‹ Und ich habe gesagt: ›Kind, dieses Dorf ist nichts für dich. Für mich ist es richtig, für deine Eltern und Brüder – aber du gehörst nicht hierher, so traurig mich das macht.‹«

Ihr fiel etwas ein. »Warten Sie mal.«

Sie ging durch eine Tür, die vom Laden direkt in ihre Wohnung führte, und kam mit einem Fotoalbum zurück.

Normalerweise ergriff Lulu immer die Flucht, sobald sie ein Fotoalbum sah, aber diesmal blieb sie und sah sich geduldig Mandys Baby- und Kleinkindfotos an, bevor der interessantere Teil kam.

Auch der alten Lady fiel auf, dass eine gewisse Ähnlichkeit zwischen Lulu und Mandy bestand.

»Auch Sie sind eine Hübsche, so wie Mandy«, lobte sie.

Als Lulu eine weitere Seite umblätterte, fiel ihr ein dünner Stapel noch nicht einsortierter Fotos in die Hände. Sie unterschieden sich von den anderen. Es waren eher Schnappschüsse, völlig ungestellt und irgendwie poetisch. Meistens war Mandy abgebildet. Wer auch immer diese Fotos gemacht hatte, hatte einen anderen Blick auf sie gehabt als ihre Verwandten.

»Oh die«, sagte die Oma. »Die haben wir bei Mandys Sachen gefunden.«

Mandys Traurigkeit, aber auch ihre Lebenslust kamen auf diesen Fotos voll zur Geltung.

Als Lulu das letzte Foto des Stapels betrachtete, erstarrte sie. Das konnte doch nicht sein!

»Was – wie … wie kommt denn *der* in dieses Album?«

Das Foto war ein typisches Selfie. Zwei lächelnde Gesichter, Wange an Wange.

Die alte Dame schob ihre Brille zurecht und betrachtete das Foto. »Ich weiß nicht, wer das ist. Mandy war ja immer sehr verschlossen, was ihre Freundschaften anging. Er kommt mir irgendwie bekannt vor, aber ich bin mir nicht sicher … Ist er aus dem Internat? Kennen Sie ihn?«

Und ob Lulu ihn kannte!

LENNART

Ich hab sie oft durchs Dorf joggen sehen. Sie hatte ihre Haare mit einem Gummi zusammengebunden, der Zopf sprang hin und her. Sie trug ein enges Top aus diesem glänzenden Material … Lycra heißt das, oder? Kurze Hosen, im Winter dreiviertellang. Was für ein Body, echt heiß! Meistens hat sie Musik im Ohr gehabt, ich hab nie rausgekriegt, was es war, sonst hätte ich es mir gekauft.

Ihr Laufstil war – ich weiß nicht, wie ich das sagen soll –, sie lief immer im selben Takt, lange Schritte, aber nicht zu schnell, und ich fand, dass das gut aussah. Irgendwie selbstbewusst. Und dann ihr Gesichtsausdruck: konzentriert, ernsthaft und trotzdem so … so locker.

Als ich sie zum ersten Mal sah, da dachte ich mir gleich, Mannomann. Sie war ganz anders als die Mädchen im Dorf, ja gut,

Mandy mal ausgenommen. Mandy war auch so eine, die – die halt anders war. Aber Mandy war ja nun tot, na ja, nicht gleich, aber bald nachdem ich die Joggerin zum ersten Mal gesehen hatte. Man hat ihr gleich angemerkt, dass sie von woanders kam. Wahrscheinlich aus der Großstadt. Und dass sie nach zwei oder drei Jahren wieder zurück in dieses Irgendwo verschwinden und unser Dorf schnell vergessen würde. Das war ein Mädel, das vom Himmel fällt. So eine trifft einer wie ich vielleicht nur einmal im Leben.

Am Anfang hat sie noch keine feste Strecke gehabt, sie lief mal hier lang und mal dort lang. Ich glaube, sie mochte das Dorf nicht und hat versucht, irgendwie drum herum zu laufen, und als ihr das auch nicht gepasst hat, ist sie wenigstens am Dorfrand entlanggelaufen – genau am Haus meiner Eltern vorbei, an meinem Fenster.

Klar wollte ich sie kennenlernen. Aber wie macht man so etwas bei einem Mädel, das immer nur rennt, wenn man es trifft. Ich konnte mich ihr ja schlecht in den Weg werfen und sagen: Hallo, ich bin Lennart. Also sah ich ihr halt weiter nur zu. Für eine Minute am Tag hab ich sie gesehen, immer gegen sechs Uhr abends, und als es früher dunkel wurde, schon um vier. Ich hab mich einfach in den Garten gestellt, hinter einen Busch oder die Tanne, hab gewartet, und irgendwann kam sie dann um die Ecke, lief an unserem Zaun vorbei, ich sah ihr nach, und zack war sie wieder weg. Das wäre ewig so weitergegangen.

Ich glaub ja nicht an Schicksal oder so, eher schon an Zufälle, und was dann passierte, war so ein Zufall.

Ihr fiel ein Schlüssel aus der Hosentasche, nicht weit von unserem Haus, ich hab's von meinem Busch aus gesehen und sie hat's nicht gemerkt. Ich hab den Schlüssel aufgehoben und am nächsten Tag hab ich mich ihr tatsächlich in den Weg gestellt.

»Ich glaub, den hast du gestern verloren«, hab ich gesagt. »Hab's zufällig von meinem Fenster da oben gesehen. Ist doch deiner, oder?«

»Cool, den hab ich schon vermisst«, hat sie gesagt und sich mächtig gefreut. Zum ersten Mal hab ich sie lächeln sehen. Das war – das war wow! Ich war so überrascht, dass ich völlig vergessen habe zu sagen, wie ich heiße.

»Dank dir vielmals«, hat sie gesagt. »Wirklich lieb von dir.«

Und weg war sie.

Was für ein Riesenidiot ich war. Wenn ich ihr meinen Namen gesagt hätte, hätte sie mir auch ihren gesagt. Ist doch logisch, oder? Wenn man sich vorstellt, stellt der andere sich auch vor. Ein Name ist ja noch keine Handynummer, aber ich hätte wenigstens gewusst, wie das Mädel heißt. Nicht mal den Namen zu haben, ist echt kacke. Einen Namen kann man vor sich hin sagen, immer wieder. Ich finde, das gibt einem Hoffnung. Hab dran gedacht, mir einen für sie auszudenken, aber das ist nicht dasselbe. Hätte sie doch bloß ihren Ausweis verloren. Hätte ich doch bloß den Mund aufgekriegt.

Von da an ist mir das nicht mehr aus dem Kopf gegangen. Name, Name, Name. Ich musste irgendwie ihren Namen rauskriegen. Aber wie? Ich hab alle sozialen Netzwerke durchsucht, Tausende Bilder angeklickt und weggeklickt, das hat nix gebracht. Sie lief nach wie vor jeden Tag an unserem Haus vorbei, und manchmal hab ich so getan, als hätte ich im Garten zu tun, und dann hat sie mir zugewinkt und gelächelt und ich hab dasselbe gemacht. Stehen geblieben ist sie nie. Ihren Namen nicht zu wissen, machte mich fast wahnsinnig.

Blöderweise fing kurze Zeit später meine Lehre als Automechaniker an. Ich hab eine Stelle im Dorf gekriegt, was eigentlich super war, aber die Werkstatt lag mitten im Dorf, und da joggte sie nie.

Feierabend war eigentlich um fünf, dann bin ich auf dem Moped nach Hause geflitzt, und manchmal hatte ich Glück und sie war ein bisschen später dran, dann haben wir uns wieder zugewinkt.

Irgendwann bin ich auf die Idee gekommen, dass ich sie mit meinem neuen Moped, das mir meine Eltern zum sechzehnten Geburtstag geschenkt haben, auch anderswo auf ihrer Strecke *abfangen* könnte, ihr also *zufällig* begegnen würde. Nach und nach kriegte ich raus, was ich wissen wollte, und von da an sahen wir uns wieder öfter, mal auf einem Feldweg, mal am Waldrand, mal in der Nähe vom See …

Das Problem mit dem Namen hatte ich dadurch aber noch nicht gelöst. Und das Moped konnte mir dabei auch nicht helfen, denn es ist ziemlich idiotisch, eine Joggerin zu fragen, ob man sie irgendwohin mitnehmen kann. Von meinen Kumpels hat keiner was mitgekriegt, da hab ich aufgepasst. Die hätten sich über mich kaputtgelacht, das wär im Dorf rumgegangen wie nix. Schon bei Mandy haben sie ihre Witze über mich gemacht. Also war ich vorsichtig. Trotzdem, sie hätten es merken können. Zum Beispiel die Art, wie ich als Einziger die Internatsschüler verteidigte, wenn mal wieder jemand im Jugendtreff über sie herzog. Arrogant, verwöhnt, überheblich. Ich hab dann immer dagegengehalten, hab irgendwas erfunden, so was in der Art, dass ich zufällig ein paar Jungs aus dem Internat begegnet bin, die sich total für mein Moped interessiert hätten. Oder dass ich mal nett mit zwei Lombardi-Schülerinnen gelabert hätte. Ich wollte einfach nicht, dass man schlecht über das Mädel dachte, das mir immer noch zwei-, dreimal wöchentlich zuwinkte, und wenn man über alle Lombardis schlecht dachte, dann ja auch über sie, und das hab ich nicht ertragen.

Für andere Mädels interessierte ich mich überhaupt nicht mehr. Für mich hat es nur sie gegeben: die namenlose Joggerin.

Eines Tages – das war am Ende meines ersten Lehrjahres – lief sie plötzlich nicht mehr allein. Da war so ein Typ bei ihr, den hatte ich vorher schon ein paar Mal im Wald joggen sehen, blond, mein Alter, hat einen auf Ironman gemacht, lief im Sommer ohne Shirt. So ein Muskelprotz. Arschloch. Der war echt arrogant. Er hat mich und mein Moped im Vorbeilaufen ganz blöde angeguckt, so richtig von oben herab, nach dem Motto: armer Dorfdepp mit billigem Maschinchen kreuzt meinen Weg. Ich hätt ihm echt eine reinhauen können, und als ich ihn mit meinem Mädel zusammen laufen gesehen hab, erst recht.

Sie winkte mir von da an nur noch selten zu, und wenn, dann fing das Arschloch zu lachen an und manchmal lachte sie dann auch mit. Oder er küsste sie. Oder er griff nach ihrer Hand. Oder um ihre Hüfte. Ich sah sie sogar häufiger als früher, weil ihre neue Strecke an der Werkstatt vorbeiführte, aber was hatte ich noch davon? Es ärgerte mich mehr, als dass es mich freute.

Einmal winkte mir doch tatsächlich das Arschloch von sich aus zu und grinste blöd, der hat mich echt verarscht, und in der folgenden Nacht schwor ich mir, ihm eins reinzuwürgen.

Zugegeben, er war muskulöser als ich, ich hätte es in einem Fight nicht mit ihm aufnehmen können. Logisch, mit ein paar Tricks hätte ich zwei Kumpels von mir dazu gekriegt, dass wir ihn abfangen und vermöbeln, aber das hätte mir bei meinem Mädel nur Minuspunkte gebracht.

Ich weiß nicht, warum ich nicht schon viel früher, ja, nicht schon gleich am Anfang auf die Idee gekommen bin, selber zum Jogger zu werden. Jogger laufen doch oft nebeneinander her, auch wenn sie sich nicht so gut kennen. Im Fernsehen hab ich so was schon gesehen. Jedenfalls ist das ein guter … wie nennt man das? … dass man halt was zum Reden hat. Und alles andere entwickelt sich dann.

Ich nahm mir also vor, besser als das Arschloch zu werden. Besser auch als mein Mädel. Und ich joggte, was ich konnte. Schneller und immer weiter. Am Ende fast zwei Stunden am Tag, vor der Arbeit und nach der Arbeit, aber natürlich weitab von der Strecke der beiden. Auch der eiskalte Winter hielt mich nicht ab. Im Sommer, nach acht Monaten Training, war ich echt gut.

Tja, und dann kam doch irgendwie alles anders, als ich dachte. Wieder so ein komischer Zufall. Ich war mit dem Mountainbike im Wald unterwegs, in der Nähe vom See, und da sah ich plötzlich mein Mädel, Hand in Hand mit einem Typen, den ich nicht kannte, schwarzhaarig, Wuschelkopf, Bohnenstange. Sie kuschelten an einer kleinen Einbuchtung des Sees, ein gutes Stück weg vom Internat. Ich legte mein Rad im Laub ab und schlich mich an. Die beiden küssten sich. Sie nannte ihn Niko.

Eine Woche lang wusste ich nicht, was ich davon halten sollte. Klar hatte ich Prass auf den Typen und ehrlich gesagt auch auf sie. Dann aber hab ich mir gesagt, dass ich ja noch gar nicht richtig zum Zug gekommen war und dass meine Stunde noch kommen würde. Mir war es lieber, sie machte mit der Bohnenstange rum als mit dem Arschloch. Trotzdem, ich geb's zu, ich war schon ein bisschen enttäuscht von ihr.

Ich fragte meine Eltern, was sie von jemandem halten würden, der zur selben Zeit mit zwei oder noch mehr anderen …

Mein Alter gab mir einen Klaps auf den Hinterkopf und sagte, so einen Scheiß solle ich mir nicht einfallen lassen, das würde nur Ärger geben. Er dachte, ich würde mir überlegen, mit zwei Mädels gleichzeitig was anzufangen. Aber meine Mutter kapierte, was ich meinte, und als wir unter uns waren, sagte sie: »Lennart, so jemanden nennt man eine Schlampe – oder eine Femme fatale, je nachdem, wie viel Geld sie hat.«

Ich hab's dann gegoogelt und beschlossen, dass mein Mädel eine Femme fatale war.

Sie hatte irgendwelchen Stress an der Schule, irgendwas mit einem Lehrer, und ein paar Schulkameradinnen ätzten gegen sie. Hab das mitgekriegt, als sie mit dem Handy am Ohr durchs Dorf ging und mit einer Freundin, dieser Jenny, darüber redete. Die Namen Kati und Nicole fielen. Danach hab ich mich schlaugemacht. Man muss sich bloß zu helfen wissen, ist doch klar. Die Tochter unserer Nachbarn war Azubi im Büro des Internats, ich fragte sie ganz unschuldig nach ihrer Arbeit, das Gequatsche ging ewig, war echt anstrengend, aber am Ende wusste ich, wer die Zicken waren, diese Kati und die Nicole, und in welchen Zimmern sie wohnten. Nur nach dem Namen von meinem Mädel, nach dem traute ich mich nicht zu fragen, weil ich dann sicherlich angefangen hätte zu stottern und krebsrot geworden wäre.

Ich würgte denen, die meinem Mädel das Leben schwer machten, eins rein. Diesem Schwerenöter-Lehrer schickte ich einen Brief ins Haus, adressiert an seine Frau. Mit aus der Zeitung ausgeschnittenen Buchstaben und so. Ihre Mitschülerinnen kriegten auch ihr Fett weg. Und auch mein Hauptfeind, das Muskelprotz-Arschloch, kam nicht zu kurz. Ein paar Tage vor den Sommerferien bin ich ihm begegnet. Er joggte, ich saß auf dem Moped. Und sein blödes Grinsen ging mir dermaßen auf den Zeiger, dass ich ihm den schmalen Feldweg versperrte. Da kam ich ganz plötzlich auf die Idee, ihn gegen die Bohnenstange aufzuhetzen.

Ich rief: »Arschloch, weißt du eigentlich schon, dass deine Freundin es mit Niko treibt?«

Der war völlig baff. Ein paar Sekunden lang konnte er sich nicht bewegen, und als er mit geballter Faust auf mich zurannte, gab ich Vollgas und spritzte ihm mit dem Hinterreifen eine Ladung Dreck in die Fresse.

Daraufhin hab ich mir zu Hause erst mal einen runtergeholt.

In den Ferien hab ich sie sehr vermisst. Mir schossen die verrücktesten Gedanken durch den Kopf. Würde sie gerade in Italien mit einem Lover rummachen? Oder sich von einem Kubaner antanzen lassen? Worauf stand sie? Wie konnte ich den Muskelprotz und die Bohnenstange ausstechen? Joggen allein reichte nicht. Irgendwas ganz Besonderes musste ich ihr doch bieten können. Aber was? Was, was, was? Verdammt, mir fiel nichts ein.

Als das Ferienende näher rückte, bin ich manchmal zum Internat rüber und hab nach meinem Mädel Ausschau gehalten. Wenn der Hausmeister mich gesehen hat, bin ich von ihm fortgejagt worden wie ein räudiger Köter. »Privatbesitz«, hat er gerufen und hat damit natürlich gemeint, dass ich nicht gut genug bin, auch nur über den gleichen Boden zu laufen wie die ehrwürdigen Schüler. Hab dann am Bahnhof gewartet, dass sie aus dem Zug steigt, oder stundenlang unter den Bäumen der Pappelallee gestanden. Ich war an ihrem Kuschelplatz im Wald, zusammen mit einem Foto, das ich mal heimlich von ihr gemacht hatte.

Und dann wieder so ein Zufall. Knapp eine Woche vor Ferienende – ich hab in der Werkstatt gearbeitet – sah ich sie, wie sie mit einem anderen Mädel durchs Dorf ging.

Da strenge ich mich tagelang an, sie zu finden, und plötzlich läuft sie mir geradewegs vor die Nase!

Hab all meinen Mut zusammengenommen und zu meinem Meister gesagt: »Da drüben, das ist mein Mädel.« Er hat mir zugezwinkert und eine Stunde frei gegeben.

Sie wollte in den kleinen Laden von Mandys Oma, aber der

war zu, und ich dachte, jetzt ist meine Stunde gekommen. Ich kann ihr zeigen, was ich draufhabe, wie sehr ich sie mag, was ich für sie tue …

Ich hab mich endlich vorgestellt. Und sie sich auch: »Lulu.«

Wahnsinn. Wahn-sinn! Endlich wusste ich ihren Namen. Wow! Lulu – darauf wäre ich nie gekommen. Mein Herz schlug Purzelbäume.

Ich hab das Ladenschloss für sie aufgekriegt, war nicht besonders schwer, und ich hab sie zu einer Pizza eingeladen.

Und sie? Sie hat Nein gesagt, einfach so. Fast zwei Jahre lang hat sie mich zappeln lassen, mir sogar ihren Namen verschwiegen. Ich hab ihren Schlüssel gefunden, hab immer an sie gedacht, hab mir tausendmal einen auf sie runtergeholt, hab sie gegen Feinde verteidigt – und sie bügelt mich ab. Das hätte etwas ganz Großes werden können. Aber Lulu hat mich schwer enttäuscht. Sie war eben doch eine Schlampe und keine Femme fatale. Ich hab das Foto von ihr verbrannt.

War doch klar, dass sie nicht einfach so davonkommen durfte, oder? Sie musste bestraft werden.

Mein Onkel ist Metzger. Was ich brauchte, hab ich mir bei ihm besorgt.

11

Lulu war in den ganzen Jahren, die sie nun schon im Haus Lombardi verbrachte, erst zwei- oder dreimal im Skatepark der Schule gewesen. Um dorthin zu kommen, musste man ein Wäldchen durchqueren, kaum breiter als dreißig Schritte, dessen sumpfige Böden jedoch Millionen von Stechmücken ihr Zuhause nannten, und Lulu hasste diese blutrünstigen Plagegeister. Außerdem waren Skateboards einfach nicht ihr Ding. Stand sie selbst auf einem Board, hatte sie das Gefühl, auf einer Hängebrücke zwischen zwei Hochhäusern zu balancieren, und wenn sie nur zuschaute, langweilte sie sich, wie bei einem Biologiebuch über das komplexe Verdauungssystem der Rinder.

An diesem Tag spielte das alles keine Rolle. Gleich nachdem sie auf dem Foto im Laden von Mandys Oma Simon erkannt hatte, rief sie Jenny an und fragte, wo sie wäre. »Mit Simon im

Skatepark«, hatte Jenny geantwortet, und Lulu verlor keine Zeit, borgte sich das Foto aus und machte sich schnurstracks auf den Weg. Niko konnte sie kaum zügeln.

»Nun warte doch mal. Was rennst du denn so?«

»Ich hab immer gewusst, dass mit Simon etwas nicht stimmt, und jetzt zeigt sich, dass ich recht hatte. Jenny muss das wissen.«

»Muss *was* wissen?«

»Dass Simon der heimliche Freund von Mandy war, dem verschwundenen Mädchen.«

Sie lief immer schneller, so schnell, dass Niko ihr nicht mehr folgen konnte. Man musste schon eine sehr gute Kondition haben, um an einem schwülen Augusttag mit der joggenden Lulu Schritt halten zu können. Lars hätte es gekonnt, Niko schaffte das nicht.

»Wir sehen uns dort«, rief Lulu und rannte voraus. Nach einer Minute war Niko nur noch eine kleine Gestalt, nach zwei Minuten war er außer Sichtweite.

Simon zeigte Jenny gerade ein paar spektakuläre Sprünge, als Lulu eintraf. Wenn sie daran dachte, dass Jenny mit diesem seltsamen Jungen, der ein Geheimnis verbarg, die ganze Zeit über im Wald allein gewesen war … Nein, besser nicht darüber nachdenken.

Sie würdigte Simon keines Blickes und setzte sich neben ihre Freundin auf eine der Holzbänke, die rund um den Skatepark aufgestellt waren.

»Wo hast du gesteckt?«, fragte Jenny.

»Ich hatte ein paar interessante Unterhaltungen«, antwortete Lulu absichtlich ausweichend, weil sie nicht näher auf die Begegnung mit Kati am Morgen und das Gespräch mit Lars im Ruderboot eingehen wollte. Das alles war jetzt nicht so wichtig. Jetzt zählte nur, Jenny endlich die Augen zu öffnen.

»Und vor einer halben Stunde ist mir das hier in die Hände gefallen.«

Sie gab Jenny das Selfie, das Simon mit Mandy zeigte, dem verschwundenen Mädchen aus dem Dorf. Einige Sekunden lang ließ sie Jenny Zeit, das Foto zu betrachten.

»Na, was sagst du jetzt?«, unterbrach sie schließlich das Schweigen ihrer Freundin.

Jenny gab ihr die Fotografie zurück. »Ich weiß nicht, warum du mir das zeigst.«

»Ist nicht dein Ernst!«

»Doch. Ich kapier's nicht.«

Lulu atmete tief durch. »Das Foto zeigt Simon mit –«

»Ich weiß, wer das ist. Ihr Bild hing eine Weile am Schwarzen Brett. Aber das war vor über einem Jahr und das Foto muss noch älter sein. Damals war ich noch nicht mit Simon zusammen. Wenn du also meinst, dass er mich betrogen hat ...«

Lulu griff sich in die Haare. »Jenny! Darum geht es mir nicht.«

»Und um was geht es dir?«

»Das liegt doch wohl auf der Hand«, rief Lulu. »*Dein* Freund, von dem du *schwanger* bist, hatte früher mal was mit einem Mädchen, das spurlos verschwunden ist. Muss ich wirklich noch ausführlicher erklären, was mir dabei durch den Kopf geht?«

Jenny brauchte einen Augenblick, um Lulus Warnung zu verstehen. Als es so weit war, brauste sie auf.

»Wie kannst du ihm so etwas Gemeines in die Schuhe schieben? Du bist meine beste Freundin.«

»Genau deswegen. Ich bin *deine* Freundin, nicht seine, und an deiner Stelle würde ich ihm ein paar Fragen stellen. Schau mal, Jenny, es könnte doch sein, dass diese Mandy damals von Simon schwanger geworden ist und dass er sie daraufhin ... Dass er sie … Dass er sie irgendwie unter Druck gesetzt hat, das Kind abzutreiben, und sie wollte das nicht, war verzweifelt … Oder er hat sogar selbst … verstehst du … Und jetzt ist er wieder in dieser Situation.«

Jenny hatte Lulu immer irritierter angesehen, aber nach Lulus letzten beiden Sätzen entglitten ihr regelrecht die Gesichtszüge. So wütend hatte Lulu ihre Freundin noch nie gesehen.

»Sag mal, hast du sie noch alle? Du kommst angerannt, als wäre ein Tsunami hinter dir her, zeigst mir ein Selfie, wie es heute an jeder Ecke gemacht wird, und schwuppdiwupp ist Simon ein Mörder? Noch schlimmer, *mein* Mörder?«

Simon hatte während der Unterhaltung der beiden Freundinnen weiter seine Kunststücke geübt. Jennys Wutausbruch jedoch rief ihn auf den Plan. Er ließ sein Board stehen und mischte sich ein.

»Was ist denn los?«, fragte er.

»Das hier«, sagte Lulu und zeigte ihm das Foto. »Das hier ist los!« Sie konnte Simon einfach nicht leiden und durch die Entdeckung des Fotos fühlte sie sich bestätigt. Ihr Misstrauen gegen ihn war offensichtlich begründet. Natürlich rief ihr eine kleine Stimme zu, dass sie sich irren könnte, aber sie war zu leise. Und sie kam zu spät. Ein einmal in die Welt gesetzter Vorwurf ließ sich nicht einfach so zurücknehmen, sondern war wie ein aus der Flasche gelassener Geist, den man nicht mehr loswurde. Ohne ihr Gesicht zu verlieren, konnte sie keinen Rückzieher machen. Aber eigentlich wollte sie das auch gar nicht.

»Du hast uns allen verheimlicht, dass du Mandy gekannt hast«, sagte Lulu vorwurfsvoll. »Jenny hat es nicht gewusst, Mandys Familie auch nicht. Gib es doch zu, ihr wart in aller Heimlichkeit ein Paar!«

Simon betrachtete das Foto lange, ohne etwas zu sagen. Da

es ein Selfie war, musste er es eigentlich kennen, aber er tat so, als wäre es ihm völlig neu – oder als hätte er vergessen, dass es existierte.

»Mandy war etwas Besonderes«, sagte er leise, ohne den Blick von ihrem Bild zu wenden. »Ich hab sie gemocht. Sie hätte etwas Besseres verdient als … als –«

»Als jemanden wie dich!«, rief Lulu dazwischen, und in diesem Moment legte sich eine Hand von hinten auf ihre Schulter. Niko war dazugekommen, und seine Berührung genügte, um sie ein wenig zu beruhigen. Wie gut sie sich ergänzten – er dämpfte ihren manchmal etwas zu leidenschaftlichen Charakter und sie wirbelte sein manchmal etwas zu vernünftiges, romantisches Wesen auf.

Einen Moment lang vergaß Lulu alles um sich herum, es gab nur Niko und sie.

Irgendwie schafften es seine Augen, ihr zu sagen, dass sie sich ein bisschen zurücknehmen sollte, aber es lag kein Vorwurf darin. Seine Hand ergriff die ihre.

»Wir waren kein Paar«, sagte Simon und unterbrach diesen speziellen Moment. »Wir waren bloß Freunde.«

»Wer's glaubt«, antwortete Lulu, aber ein sanfter, kaum spürbarer Druck von Nikos Hand ließ sie hinzufügen: »Simon, du musst zugeben, dass es auf dem Foto anders aussieht.«

Leider kam Lulus plötzliche Mäßigung zu spät. Jenny war schon auf der Palme.

»Ich glaube Simon«, rief sie. »Wenn er sagt, dass er und diese Mandy nur Freunde waren, dann war das auch so. Und was du hier abziehst, das ist total daneben – freundlich ausgedrückt. Du bist nicht Miss Marple, merk dir das mal. Lulu, ich kann deine ewigen Verdächtigungen nicht mehr ertragen. Checkst du eigentlich noch, was du da redest? Komm Simon, wir gehen!«

»Jenny, warte doch«, rief Lulu, aber ihre Freundin hörte nicht auf sie. Wer von ihnen hatte Scheuklappen auf? Jenny, die Simon scheinbar bedingungslos vertraute, oder sie selbst, Lulu, die ihm alles Mögliche zutraute, sogar das Schlimmste?

RITCHIE

Keine Ahnung, wieso Lars den Simon bis aufs Blut gehasst hat. So war's halt mal, ist es da so wichtig, warum? Das ist so 'ne typische Erwachsenenfrage, 'ne Elternfrage. Warum hast du denn, warum bist du nicht …? Lars wird schon seinen Grund gehabt haben. Wir haben alle unsere Gründe, aber die müssen wir anderen Leuten doch nicht immer gleich aufs Brot schmieren, oder? Lars sagte irgendwann im letzten Jahr zu mir, der Typ würde ihm auf die Nerven gehen, sie haben sich dann gekloppt, Lars hat ihm 'ne Abreibung verpasst.

* * *

Scheiße, vielleicht war es einfach so eine Charaktersache. Chemie und so. Manche Leute können sich halt einfach nicht riechen. Ist bei unseren Alten so und bei uns Jungen eben auch. Und anstatt dass die Eltern und die Lehrer das einfach so hinnehmen und sich raushalten, machen die einen großen Zirkus darum, halten einem Moralpredigten und Vorlesungen in Pädagogik und stümpern dann irgendwelche bescheuerten Maßnahmen zusammen. Das ist so was von hohl. Bei Lars und Simon haben sie das auch gemacht, haben ihnen Aufgaben gegeben, die sie nur zusammen lösen konnten, und ähnlichen Mist. Was das gebracht hat, sieht man ja jetzt! Herzlichen Glückwunsch, ihr Pädagogen dieser Welt.

* * *

Okay, reden wir nicht lange drum herum. Simon war ein Loser, ein Außenseiter. Ein Lulli beim Kicken, da war er absolut talentfrei. Ja, mit dem Skateboard konnte er umgehen, aber mal ehrlich, mit dem Skateboard tanzen nur die Jungs herum, die für richtigen Sport zu luschig sind. Überhaupt seine ganze Art … Der hat keinem Blick lange standgehalten, ist immer ausgewichen, hat fast nix geredet. Sah aus wie ein Totengräber. Bis er mit Jenny zusammenkam, ging er den meisten Leuten aus dem Weg und hing alleine ab, und auch danach war's nicht viel besser. Lars hat Schwächlinge und Sonderlinge gehasst. That's it. Der ganze Stuss, der da jetzt in diese Feindschaft hineingeheimnisst wird, ist für 'n Arsch.

* * *

Ich muss es wissen. Einen Kumpel wie Lars hat man nur einmal im Leben. Wir haben uns alles erzählt, haben alles gemeinsam gemacht … Na ja, das allermeiste. Ein paar Idioten behaupten, dass Niko sein bester Kumpel war – Bullshit. Erstens hat er sich nur deshalb mit Niko abgegeben, weil der eine Scheißkindheit gehabt hat, genau wie Lars. Und zweitens hat Niko was gemacht, was ein bester Kumpel niemals macht: Er hat ihn beschissen.

* * *

Dass Lars nur mit Niko über seine verkorkste Kindheit gesprochen hat, stimmt nicht. Vorletztes Jahr in den Osterferien, kurz bevor Lars und Lulu ein Paar wurden, ist er mit mir zu meinen Alten gefahren. Die sind leider ziemlich Panne, machen neuerdings auf öko und fleischlos und so, und überall hingen die bekloppten Ostereier und meine kleine Schwester hat genervt, aber ihm hat's irgendwie gefallen, was ich ja gar nicht verstanden hab. Na ja, und dann haben wir uns am Karfreitag mit zwei Flaschen Wodka-Lemon in den Wald verzogen, hatten unseren Spaß. Als wir schon ziemlich knülle waren, ist er plötzlich irgendwie anders geworden … nachdenklich … Hat gesagt, ich wüsste ja nicht, wie gut ich es hätte, eine richtige Familie zu haben. Und dann hat er erzählt …

* * *

Lars' Vater hat ihn und seine Mutter verlassen, da war Lars fünf. Der Typ war total der Freak, voll fitnessfanatisch, hat bei so ziemlich jedem Ironman-Wettbewerb in Europa mitgemacht und irgendwann ist ihm Europa zu klein geworden. Also ist er in die USA gegangen und hat von da aus Lars' Mutter angerufen und gesagt, dass er dort bleibt. Krass, oder? Er hat jeden Monat Geld überwiesen, dreihundert Euro oder so als Unterhalt für Lars. Aber das war's dann auch. Er hat sich einfach nicht mehr um die Familie gekümmert und in Amerika ein ganz neues Leben angefangen. Lars' Mutter ist dann depressiv geworden. Ein paar Jahre lang ging das noch einigermaßen gut, aber als er zehn Jahre alt war, hat sie versucht, sich umzubringen. Er hat sie gerade noch rechtzeitig gefunden, bevor sie verblutet wäre.

* * *

Sie hat es danach noch zwei Mal versucht. Am Tag nach Lars' dreizehntem Geburtstag hat sie es dann wirklich endgültig geschafft.

* * *

Seine Großeltern konnten ihn nicht bei sich aufnehmen. Die haben sich angeblich mit der Erziehung überfordert gefühlt, und sein Vater war inzwischen mit so einer Sport-Tussi verheiratet, ich glaub, 'ne ehemalige Langstreckenläuferin, die wohnten samt neuer Kinderschar in Texas, und da hätte er nur gestört. So kam er ins Internat. Ich glaub, er war froh darüber. Internat ist immer noch besser, als bei einer Oma zu wohnen, die einen nicht will, oder bei einer Stiefmutter in der Prärie. Oder? So hab ich's ihm jedenfalls erklärt.

* * *

Damals im Wald, mit 'ner Flasche Wodka im Blut, war das einzige Mal, dass wir darüber geredet haben. Man muss so eine Scheiße ja auch nicht andauernd aufquirlen. Bringt doch keinem was. Das gilt auch für heute, da wird auch nur Scheiße aufgequirlt. So, Schluss jetzt.

* * *

Ach so, eines will ich noch sagen: Ich war auf Lars' Seite. War immer auf Lars' Seite. Bin ich auch heute noch. Und wem das nicht passt, der soll mich halt nicht danach fragen. Ich werde nie anders darüber denken, auch in zehn Jahren nicht.

12

Lulu lag mit Niko am Seeufer, an einem schattigen Plätzchen in der Bucht, wo jemand eine Kerze und ein Foto von Mandy aufgestellt hatte. Ihr Kopf lag auf Nikos Brust, seine Hand streichelte ihre Haare. Eine ganze Weile sprachen sie kein Wort miteinander, aber jeder wusste vom anderen, was in ihm vorging. Lulu fragte sich, ob sie nicht zu weit gegangen war und dadurch vielleicht sogar eine Freundin verloren hatte. Niko überlegte, wie er Lulu klarmachen konnte, dass sie unüberlegt und zu aggressiv reagiert hatte, ohne sie zu verletzen.

»Sag's schon«, flüsterte sie gerade laut genug, dass er sie hören konnte. »Was ich vorhin gemacht habe, war voll der Griff ins Klo.«

Niko widersprach nicht, er sagte gar nichts. Statt mit einer Hand, streichelte er Lulus Haare nun mit beiden Händen.

»Ich hab einfach nicht nachgedacht«, erklärte sie. »Als ich das Foto sah … Ich hatte Angst um Jenny. Ich hab immer noch Angst um Jenny. Wenn er der Typ ist, für den ich ihn halte, ist er jetzt doch gewarnt. Vielleicht tickt er aus! So etwas soll es doch schon gegeben haben. Könnte sein, dass er gerade in diesem Moment …«

Lulu erschrak und richtete sich ruckartig auf.

»Ich muss zur Polizei«, sagte sie. »Die müssen von dem Foto erfahren, dann werden sie ihn verhören und –«

»Schschschsch«, zischte Niko leise und legte seinen Finger auf ihre Lippen. »Immer mit der Ruhe.«

»Aber –«

»Nichts aber. Die Polizei hat damals schon mit Simon gesprochen. Ich war dabei, als sie ihn aus dem Klassenzimmer geholt haben. Eine Viertelstunde später war er wieder zurück. Ich nehme mal an, sie haben das Foto entdeckt, genauso wie du, und hatten ein paar Fragen. Die scheint er ihnen beantwortet zu haben.«

»Niko«, rief sie. »Warum hast du mir das nicht gleich gesagt?«

»Hatte ich denn eine Gelegenheit? Bevor ich Piep sagen konnte, bist du abgezischt wie eine Rakete.«

Lulu seufzte. Sie ließ es zu, dass Niko sie sacht an sich zog. Wieder lag ihr Kopf auf seiner Brust.

Wie hatte sie sich nur so hinreißen lassen können, das Allerschlimmste über den Freund ihrer Freundin zu denken? Jemandem einen Mord zu unterstellen, war wirklich heftig. Und selbst jetzt, trotz dem, was Niko über das Verhör erzählt hatte, hielt sie es immer noch für möglich, dass Simon etwas mit Mandys Verschwinden zu tun hatte … Die Bullen waren ja eigentlich nicht total bescheuert, sie wussten, was sie taten, und wenn sie Simon unbehelligt ließen, dann hatte das wohl seine Richtigkeit.

Vielleicht aber auch nicht. Wie oft waren Leute freigelassen worden, die dann gleich am nächsten Tag jemandem den Bauch aufgeschlitzt hatten. Im Fernsehen brachten sie das andauernd, sowohl in Serien als auch in den Nachrichten.

»Wieso kann ich diesen Typen nicht leiden?«, dachte Lulu laut.

»Weil er anders ist«, antwortete Niko.

Lulu streckte den Kopf so weit in den Nacken, dass sie Nikos Blick verkehrt herum begegnete. »Wie meinst du das?«

Niko ließ sich ein paar Sekunden Zeit zum Nachdenken. »Nimm's mir nicht übel, Lulu, aber du kommst am besten mit Leuten aus, die nicht aus der Reihe tanzen. Die dieselben Klamotten kaufen. Dieselbe Musik hören. Dieselben Idole anhimmeln. Simon macht das alles nicht. Er ist anders. Deswegen kann er trotzdem ein netter Kerl sein. Du siehst nicht seinen Charakter, sondern nur das Drumherum. Jenny ist das Drumherum völlig egal. So ist das, wenn man jemanden liebt.« Lulu dachte darüber nach, während sie in die Baumkronen und den spätsommerlichen Abendhimmel starrte. Die Geschehnisse des Tages liefen noch einmal an ihr vorüber, der Streit mit Lars, die Auseinandersetzung mit Simon ... Ihr lag das alles schwer wie ein Stein auf der Brust. Dazu kam diese elende, ewige Hitze. Es war einer dieser Tage, von denen man sich wünscht, dass sie endlich zu Ende gehen. Nikos Nähe war das einzig Positive.

Während ihr Blick über das Seeufer glitt, entdeckte sie ungefähr fünfzig Meter entfernt zwischen zwei Bäumen eine Gestalt.

»Verdammt noch mal«, fluchte sie und richtete ihren Oberkörper auf. »Siehst du den da drüben, der uns beobachtet? Das ist dieser nervige Junge aus dem Dorf, Leon, Lennart, was weiß ich. So was von einem Spanner. Der geht mir inzwischen echt auf den Zeiger.«

Niko stand auf. »Ich spreche mal mit ihm«, sagte er entschlossen.

»Nein, lass«, bat Lulu. »Ich will nicht noch einen Streit heute. Gehen wir lieber.«

»Wir müssen sowieso an ihm vorbei.«

Doch als sie an der Stelle ankamen, von wo aus Lennart sie beobachtet hatte, war er nicht mehr zu sehen. Lulu wurde das Gefühl nicht los, dass er sich irgendwo in der Nähe versteckte, und es war ihr keineswegs egal. Noch vor ein paar Wochen hatte sie keinen Gedanken an diesen Typen verschwendet, inzwischen hatte sie eine richtige Wut auf ihn. Mehr noch, er machte ihr Angst, auch wenn sie das nicht gerne zugab. Körperlich nahm sie es allemal mit dem hageren Lulatsch auf. Aber Stalker griffen ja fast nie direkt an, sondern schüchterten ihre Opfer mit allerlei Psychotricks ein.

Wenn es irgendwo raschelte, drehte Lulu sich um. Kamen sie und Niko an einem dichten Gebüsch vorbei, suchten Lulus Augen es intensiv ab. Plätscherte eine Ente im See, versicherte sich Lulu sofort, ob es nicht doch der Dorfjunge war. Doch sie konnte ihn nirgendwo entdecken. Es wäre ihr mittlerweile sogar lieber gewesen, er hätte sich blicken lassen, als dass sie immer nur vermuten konnte, er wäre irgendwo in der Nähe, würde sich vielleicht anschleichen.

Doch wozu anschleichen? Was konnte er schon tun, außer beobachten? Und sie war ja nicht allein, Niko war da. Er strahlte wie üblich Ruhe und Sicherheit aus. Vermutlich dachte er keine Sekunde mehr an den Jungen, sondern war geistig schon ganz woanders, bei einem neuen Song vielleicht oder wie er mit ihr den Abend verbringen wollte.

Sie waren noch im Wald, ungefähr hundert Meter vom Internatsgebäude entfernt, als Lulu Schritte hörte, die sich schnell und bestimmt näherten.

»Wenn das dieser Typ ist …«, sagte Lulu zornig.

Sie blieben stehen. Plötzlich lag eine seltsame Spannung in der Luft, die auch Niko bemerkte. Wenn jemand so schnell durch den Wald rannte, dann lief er entweder vor etwas weg – oder er war hinter jemandem her.

An dieser Stelle war der Wald besonders dicht, viele Büsche und umgestürzte Bäume versperrten den Blick. Lulu und Niko blieben stehen, hielten sich an den Händen und warteten.

»Hilfe!«

Der Ruf aus dem Wald ließ Lulu zusammenzucken. Mit aufgerissenen Augen sah sie Niko an.

»Das ist … das ist doch Jennys Stimme«, flüsterte sie.

Nur wenige Augenblicke später stand Jenny vor ihnen, schwer atmend, blass und verstört, als hätte sie den Teufel gesehen.

»Lauft weg«, rief Jenny.

Mara

Ja, ich habe alles vom Seeufer aus mit angesehen. Erst eine Stunde vorher bin ich im Haus Lombardi angekommen. Alles war wie immer, so ruhig. Ich mag das ja eigentlich, aber an diesem Tag … Bestimmt hört sich das jetzt unglaubwürdig an, weil man so etwas im Nachhinein ja immer behaupten kann. Trotzdem, irgendwie gefiel mir die Ruhe an diesem Abend nicht. Die war so so deprimierend. Das ist nicht ganz genau das richtige Wort. Gewalttätig, kann man das sagen? Eine gewalttätige Stille? Am Horizont zogen schwarze Wolken auf, irgendwo war in der Ferne ein Streit zwischen einem Jungen und einem Mädchen zu hören, und dann sah ich von meinem Fenster aus Lars, der vor der Mensa auf und ab lief, wie ein Tiger im Käfig. Es lag so eine aggressive Stimmung in der Luft, und noch bevor ich auch nur ein Wort mit jemandem gesprochen hatte, war mir die

Lust aufs nächste Schuljahr vergangen. Was es mir wohl bringen würde? Mit dieser Frage ging ich irgendwann nach draußen.

Ich schlenderte nur so herum. Am Seeufer sah ich ein paar Mitschüler planschen, aber ich hatte keine Lust mitzumachen.

Ja, und dann … Ich weiß noch, dass ich eine Sekunde, bevor es passierte, darüber nachgedacht habe, was ich in genau einem Jahr, nach meinem Abi, tun wollte und dass ich vielleicht Medizin studieren sollte.

Als ich den Herrn Petzold auf dem Rasen liegen sah, kam mir überhaupt nicht der Gedanke, dass er tot sein könnte – vielleicht machte er Rückenübungen oder er döste einfach ein bisschen. Ich wollte mich schon umdrehen und zurückgehen, da bemerkte ich das Blut. Sein ganzer Bauch war voll davon. Im allerersten Augenblick wollte ich schreien. Aber ich schaffte es irgendwie, die Panik runterzuschlucken, und wählte die 112. Erst danach fühlte ich Petzolds Puls. Da war nichts mehr.

Komischerweise kam mir erst eine halbe Minute später der Gedanke, dass, wenn jemand erstochen herumlag, noch irgendjemand mit einem Messer und schlechten Absichten in der Nähe sein musste.

Als ich das begriffen hatte, hielt mich nichts mehr bei der Leiche. Ich wollte nicht allein sein, aber ich wollte auch nicht in das Schulgebäude gehen. Im Freien fühlte ich mich sicherer und rannte zum Seeufer, zu meinen Mitschülern. Die alberten dort noch immer herum. Ich wollte gerade rufen: »Petzold ist tot, Petzold liegt erstochen drüben auf der Wiese.« Mir blieben die Worte aber im Hals stecken. Auf dem See, ungefähr hundert Meter entfernt, lieferten sich zwei Schwimmer ein Duell, und ich weiß nicht, wieso, doch ich spürte, dass es dabei um Leben und Tod ging. Aus der Entfernung konnte ich leider nicht sehen, wer die beiden waren, nur dass es sich um ein Mädchen und einen Jungen handelte.

Der Junge holte das Mädchen ein, sie kämpften miteinander, das Mädchen konnte sich losreißen, schwamm weiter, der Junge wieder hinter ihr her, bis er sie noch einmal einholte.

Meine Mitschüler bemerkten nichts, und wenn, dann dachten sie an eine harmlose Verfolgungsjagd eines aufgekratzten Pärchens. Sie lachten, tranken, machten Party, während da draußen auf dem See jemand ums Überleben kämpfte.

»Oh Gott«, flüsterte ich vor mich hin, wieder und wieder und wieder, an die zwanzig Mal. »Oh Gott.«

Und dann verschwand das Mädchen im See.

13

Lulu und Niko ballerten Jenny mit Fragen voll, was denn los wäre, warum sie so rannte, aber nachdem Jenny »Lauft weg« gerufen hatte, bekam sie kein Wort mehr heraus, jedenfalls keins, was irgendetwas erklärt hätte. Mit ihren Armen fuchtelte sie wild herum und deutete in Richtung des Internatsgebäudes. Immer wieder versuchte sie, Lulu und Niko mit sich zu ziehen, aber die folgten ihr nur halbherzig ein paar Meter weit, bevor sie stehen blieben und nach dem Grund fragten.

Endlich – nach einer halben Ewigkeit – sagte Jenny: »Petzold.«

»Petzold?«, fragte Lulu. »Was ist mit ihm?«

»Er – er liegt am … am … am Boden, vorne auf der Wiese, blut … blutüberströmt.«

Niko reagierte sofort. »Wir müssen ihm helfen.«

Jenny stieß einen grellen Schrei aus. »Nein!«

»Wieso nicht?«, fragte Lulu.

Jenny sah sie mit Augen an, in denen Angst und Entsetzen lagen.

Lulu rüttelte an Jennys Schulter. »Sag schon, was ist los?«

Jenny stammelte: »Da … da ist irgendwo … da ist Lars. Er hat … er hat Petzold das Messer in den Bauch … er hat es ihm reingerammt, einfach so.«

Lulus Gedanken überschlugen sich. Einen Moment lang kam ihr das alles nicht real vor, der Wald, der See, die Hitze, Niko und Jenny … Es war eher wie ein Traum oder ein Videospiel, aus dem man jederzeit aussteigen konnte.

Als sie sich einen Augenblick später wieder gefasst hatte, kam ihr ein Verdacht.

»Jenny, wenn das ein durchgeknallter Joke sein soll … Willst du dich rächen, weil ich vorhin so gemein zu Simon war?«

»Das ist kein Joke!«, schrie Jenny verzweifelt. »Lars ist mit einem riesigen Küchenmesser vorne über die Wiese gelaufen, Petzold wollte ihm das Messer wegnehmen, und da hat Lars … Es ging alles ganz schnell. Ich hab's zufällig gesehen. Und dann hat Lars mich gesehen, er hatte einen unheimlichen Gesichtsausdruck, so wie die Verrückten im Fernsehen, ganz kalt. Ich wollte ins Internat zurück, in mein Zimmer, aber er hat mir den Weg abgeschnitten, also bin ich in den Wald gerannt.«

Nun war Lulu klar, dass Jenny die Wahrheit sagte. Eine solche Geschichte dachte man sich nicht aus, um jemanden zu ärgern. Trotzdem war es noch immer unwirklich. Das, was Jenny berichtete, passierte anderen, aber nicht einem selbst. Man las darüber in der Zeitung, hörte Geschichten, aber war nicht selbst mittendrin.

Niko berührte sie und riss sie damit aus ihren Gedanken. »Er ist hinter uns her«, sagte er. »Wir müssen hier weg.«

Kaum hatte er diese Worte ausgesprochen, knackte es im Unterholz, und nur wenige Meter entfernt kam zwischen Blättern und Zweigen Lars zum Vorschein. Wie Jenny gesagt hatte, hielt er ein großes Messer in der Hand und in seinen Augen lag ein Ausdruck finsterer Entschlossenheit.

Niko reagierte so schnell, dass Lulu ihn nicht mehr aufhalten konnte. Er stürmte auf Lars zu mit der Absicht, ihn zu Boden zu reißen, aber Lars war flink und Niko körperlich überlegen. Mit einem einzigen Fausthieb schlug er Niko nieder, der gegen einen Baum prallte und bewusstlos liegen blieb.

Lulu und Jenny waren eine Sekunde lang völlig erstarrt. Lulu sagte: »Lass uns reden, Lars. Wir können über alles reden.«

Ohne ein Wort zu sagen, machte Lars einen Schritt nach vorn, und in diesem Moment wandten die beiden Freundinnen sich um und rannten los, quer durch den Wald. Die Zweige der Sträucher schlugen ihnen ins Gesicht, Dornen rissen ihre Beine auf. Lulu spürte keinen Schmerz. Ihre Haut war plötzlich wie ein Anzug, eine Hülle – sie riss, aber sie schien kein Teil von ihr zu sein. Auch in ihren Beinen war kein Gefühl mehr, es war, als würde sie schweben, über Baumstämme und Gräben hinweg, vorbei an Löchern und Wurzeln, durch Felder von Farnen hindurch.

Sie nahm an, dass Jenny dicht hinter ihr war, aber plötzlich hörte sie nur noch ihre eigenen Schritte, stoppte daraufhin abrupt ihren Lauf und hielt nach ihrer Freundin Ausschau. Schnell hatte sie sie entdeckt, etwa zwanzig Meter von ihr entfernt. Sie lehnte gebeugt an einem Baumstamm, an dem sie langsam zusammensackte. An der rechten Seite war ihr T-Shirt voller Blut.

»Jenny!«, rief sie und wollte zu ihr laufen.

Da erschien Lars hinter dem Baumstamm.

»Was – was hast du getan?«, sagte sie, aber so leise, dass er es unmöglich hören konnte. Vielleicht galt diese Frage mehr ihr selbst als ihm.

Langsam näherte er sich, das blutige Messer am langen Arm, ohne dass sie in der Lage gewesen wäre wegzulaufen. Es war, als wären ihre Beine im Waldboden verwurzelt.

»Wieso?«, fragte sie. Immer wieder: »Wieso?«

Als er nur noch einen Schritt von ihr entfernt war, sagte er: »Mich verlässt keine mehr. Hörst du? Keine. Es reicht.«

Wie in Zeitlupe – vielleicht kam es Lulu in diesem Moment aber auch nur so vor – führte er die Messerspitze an ihre Kehle. Natürlich hatte sie Angst, aber sie fühlte noch viel mehr, was nicht so recht zusammenpassen wollte. Da war so eine merkwürdige Resignation, ein leises *scheißegal*, das in Schüben in ihr aufstieg, außerdem auch noch Verzweiflung wegen Jenny und schließlich ein bohrendes Schuldgefühl. Aber das alles schoss so schnell durch Lulus Herz und Kopf, dass sie es kaum verstehen konnte.

Noch während Lars das Messer an ihren Hals legte, küsste er sie und sie ließ es geschehen. Er war krank, völlig durchgedreht, und sie wusste, dass er sie nicht verschonen würde. Der Junge, in den sie monatelang vernarrt gewesen war, den sie geliebt hatte, der Flickflacks für sie gemacht hatte, derselbe Junge wollte sie umbringen.

Als sie aus den Augenwinkeln bemerkte, dass er mit dem Messer ausholte, stieß sie ihn überraschend von sich, sodass er rücklings stolperte.

Jetzt endlich fand sie die Kraft und den Willen, erneut wegzulaufen, doch diesmal rannte sie nicht durch den Wald, sondern stürzte sich mit einem Hechtsprung in den See.

Lars war nur wenige Meter hinter ihr. Er hielt das Messer in seinem Mund und kraulte ebenso wie sie, sogar schneller. Er war immer schon der bessere Schwimmer gewesen, nur weniger ausdauernd. Wenn sie nur lange genug durchhalten würde …

Zentimeter um Zentimeter kam er ihr näher. Verzweifelt mobilisierte Lulu die letzten Reserven. Sie wollte leben, wollte leben, leben.

Jenny! Was war mit Jenny?

Und Niko?

Plötzlich bekam Lars Lulus Fuß zu fassen. Er brachte sie aus dem Takt, sie schluckte Wasser, musste husten, röchelte und verlor kurz die Orientierung. Er drückte sie unter Wasser, sie kam hoch, zog ihn diesmal mit sich nach unten. Seltsamerweise sah sie sich selbst und Lars aus der Vogelperspektive, wie sie miteinander rangen. Irgendwo hatte sie mal gehört, dass es Menschen in der Todessekunde genau so erging.

Lars griff nach dem Messer, das er zwischen den Zähnen hielt.

SIMON

An ihrem Krankenbett zu stehen, stundenlang neben ihr zu sitzen, das tut unglaublich weh. Denn eigentlich ist es ja eher ein Totenbett, auf dem sie liegt. Sie sagt nie etwas, ihre Augen sind immer geschlossen. Auf keine Frage antwortet sie, keine Berührung erwidert sie mit einem Blick oder einem Lächeln. Es heißt, Komapatienten würden einen hören, aber es fällt schwer, daran zu glauben, wenn es Maschinen und Schläuche sind, die das Atmen besorgen, das Trinken und Essen, einfach alles, denn mehr tut so jemand ja nicht mehr. Sie ist da und irgendwie doch nicht. Es ist Jenny, aber es könnte auch eine gut gemachte Wachspuppe sein. Ihre Haut ist so seltsam blass und leblos … Wenn man weiß, wie schön sie lachen konnte, wie schnell sie Eis schleckte, wie konzentriert sie zeichnete, dann fühlt sich jeder Besuch bei ihr an wie tausend Stiche. Ich vermisse ihre Stirnfalten, wenn sie sich ärgerte, den Anblick ihrer Arme, wenn sie sich die Haare kämmte …

* * *

Ich bin jeden Tag bei ihr, obwohl ich jedes Mal weinen muss und es ihr damit bestimmt nicht leichter mache. Keiner findet das gut: meine Eltern nicht, weil ich deswegen die Schule sausen lasse, und ihre Eltern nicht, weil sie glauben, ich hätte immer schon einen schlechten Einfluss auf ihre Tochter gehabt. Dass sie es mir überhaupt erlauben, Jenny zu besuchen, hat zwei Gründe. Erstens klammern sie sich an jeden Strohhalm und hoffen, dass ich vielleicht irgendwie zu ihr durchdringe und sie für mich eines Tages die Augen wieder aufschlägt. Und zweitens bin ich der Vater des Kindes, das Jenny in sich trägt. Es ist ein Junge, und zwar ein ziemlich zäher Bursche, sonst hätte er das alles bis heute nicht überstanden.

* * *

Die ganze Welt glaubt, dass ich das Kind nicht haben wollte und es deswegen mit Jenny Streit gab … an diesem Tag damals, der mein ganzes Leben auf den Kopf stellte … das Leben von Jenny so gut wie beendete … drei anderen das Leben kostete. Oh Mann. Wenn ich darüber nachdenke, muss ich gleich wieder losheulen. Sorry.

* * *

Ich lasse alle glauben, was sie glauben wollen. Für Jennys Eltern wäre es ein Schock – vielleicht ein Schock zu viel –, wenn ich ihnen verraten würde, worum sich mein Streit mit Jenny wirklich drehte: dass ich es nämlich war, der unbedingt Vater werden wollte, und Jenny mir damals sagte, dass sie das Kind abtreiben würde. Ihre Eltern sind ziemlich katholisch und hätten das niemals akzeptiert. Auch wenn ich es ihnen verraten hätte – sie würden denken, dass ich lüge. Dasselbe gilt für meine Mitschüler im Haus Lombardi. Sie mögen mich nicht, und deswegen muss ich logischerweise ein Lügner sein. Noch viel schlimmer, ich bin für sie derjenige, der daran mitschuldig ist, dass Jenny im Koma liegt.

* * *

Vielleicht bin ich das. Ich weiß es nicht.

* * *

Damals im August, nachdem mich Lulu im Skatepark so blöd angegangen hatte, bin ich mit Jenny in die Mensa. Ich weiß noch, wie sie in ihrem Abendessen stocherte, Königsberger Klopse mit Reis und Salat, und plötzlich hat sie mich angeschaut und gesagt: »Ich werde abtreiben lassen.«

Mich hat das fast umgehauen. »Das kannst du nicht machen«, habe ich gesagt, und wir haben darüber gesprochen, zuerst ziemlich vernünftig und dann, na ja, nicht mehr so vernünftig. Es stimmt, ich habe damit angefangen, lauter zu werden. Ist eigentlich nicht meine Art. Aber ich war so enttäuscht von Jenny, weil sie diese Entscheidung getroffen und vor allem wie sie sie getroffen hatte, nämlich klammheimlich … ohne mich. Aber es war nicht nur das. Wenn ich enttäuscht bin, igele ich mich eher ein, setze mir Kopfhörer auf, lese Bücher. Dass ich herumgeschrien habe, hatte einen anderen Grund. Ich hatte nämlich den Verdacht, dass Jennys Entscheidung mit Lulus Beschuldigungen zu tun hatte, wenigstens zum Teil. Zwar hat mich Jenny vor Lulu verteidigt, aber ich glaube, irgendetwas davon ist bei ihr hängen geblieben. Sie war sich auch vorher schon unsicher, ob sie das Kind haben wollte, und dann kommt Lulu und macht mich zum Hauptverdächtigen in einem Mordfall. Das gab den Ausschlag – vielleicht. Jedenfalls kam es mir so vor, und das machte mich echt wütend. Der Name fiel zwar kein einziges Mal, aber irgendwie kam es mir so vor, als wäre Mandy die ganze Zeit über im Raum.

Wie auch immer, mit meiner Wut habe ich es natürlich nur schlimmer gemacht. Jenny wurde trotzig, ich wurde trotzig, wir wurden beide laut, sie stand auf und ging hinaus, ich folgte ihr, draußen stritten wir weiter ... Irgendwann ist sie abgehauen – und ich Idiot hab sie gehen lassen. Das Letzte, was sie mir zurief, war: »Scher dich zum Teufel.«

Ich nehme es ihr nicht übel, sie hat es nicht so gemeint. Das Tragische dabei ist, dass es Jenny war, die dem Teufel direkt in die Arme lief.

* * *

Ich habe die Wahrheit gesagt, Mandy und ich waren echt nur befreundet. Wir sind uns zufällig im Laden ihrer Oma begegnet, und nach einer Minute haben wir gespürt, dass wir beide irgendwie Außenseiter sind, jeder auf seine Weise. Das hat uns verbunden, mehr aber auch nicht. Etwas anderes als Freundschaft war für uns kein Thema, obwohl wir zu dieser Zeit beide Singles waren. Wir haben nur zusammengesessen und geredet, vielleicht einmal in der Woche oder so. Im Gegensatz zu mir hat sich Mandy nicht damit abgefunden, Außenseiter zu sein. Sie wollte dazugehören, nur halt nicht zu ihrer Dorfgemeinschaft, ihrer bäuerlichen Familie … Sie träumte vom Stadtleben, von internationalen Freunden und fernen Stränden. Einmal hat sie mir gesagt, dass sie am liebsten einen Profifußballer, einen Tennisspieler, Rennfahrer oder so etwas Ähnliches heiraten würde. Sie stand auf sportliche Typen, und wenn sie dann noch Geld hatten …

Vielleicht hat sie sich deswegen auf Lars eingelassen. Sein Vater lebt ja angeblich in den USA, ist so eine Art Superman, und Lars prahlte vor jedem mit den tollen Geschenken, die von der anderen Seite des Atlantiks kamen: sauteure Sportuhren, das ultimative Surfbrett, ein geiles Mountainbike … Außer mir hat sie keinem gesagt, dass sie mit ihm zusammen ist. Ich durfte es auch niemandem verraten. Sie hat es mich sogar schwören lassen. Ich weiß nicht, ob die Geheimnistuerei auf seinem Mist gewachsen ist oder auf ihrem. Beides möglich. Lars traue ich zu, dass er Mandy ganz für sich allein haben wollte. Sie hat mir erzählt, dass er sich mit ihr immer nur an einsamen Stellen getroffen hat, so als wäre seine Freundin eine seltene Kostbarkeit, von der keiner erfahren durfte. Und was sie angeht … Sie schien sich nicht sicher, ob er der Richtige für sie war. Sie fuhr eine Weile auf ihn ab, aber nach ein paar Monaten ließ das spürbar nach. Sie sagte mir, dass sie bald Schluss machen wollte.

Und dann war Mandy plötzlich verschwunden.

* * *

Logisch, ich habe Lars zur Rede gestellt, wir haben mächtig Streit bekommen, er hat mir sogar eine reingehauen, als ich nicht lockergelassen habe. Und dann ist dieser Arsch zur Polizei gegangen und hat gesagt, er hätte mich mit Mandy gesehen. Das hat mir mächtig Ärger eingebracht. Die Polizei fand ein Foto von Mandy und mir, und als ich den Spieß umdrehen wollte und den Bullen von Lars' Beziehung mit Mandy erzählt habe, haben die geglaubt, ich wollte mich nur an Lars rächen. Es gab ja keinen Beweis, dass Lars und Mandy zusammen waren. Die Schule hat Lars und mich dann in irgendwelche dämlichen Projekte gesteckt, die unseren Teamgeist fördern sollten, aber das war für die Katz. Lars hat mir eins reingewürgt, wo er nur konnte. Natürlich hätte ich überall herumerzählen können, dass Lars und Mandy ein Paar gewesen waren, aber erstens hätte mir keiner geglaubt, zweitens wäre dann alles nur noch schlimmer für mich geworden, und drittens war Lars inzwischen mit Lulu zusammen, und ich wollte Jennys Freundin da nicht mit hineinziehen. Zu der Zeit war ich nämlich schon in Jenny verliebt …

* * *

Mandy ist tot, da bin ich mir sicher. Lars hat sie auf dem Gewissen. Er und kein anderer. Nach dem, was dann mit Lulu passierte, ist mir das so klar wie irgendwas.

* * *

Aber eigentlich … irgendwie … ist mir das alles gleich. Vielleicht hört sich das grausam an, aber ohne Jenny, meine lebendige, lachende Jenny, bin ich nur ein halber Mensch, kann fast gar nichts mehr fühlen. Alles ist mir egal, nur sie nicht. Sie fehlt mir so, gerade weil sie direkt vor mir liegt, ich sie anfassen kann … Dieses Mädchen, das ich an der Hand halte, ist nur ein Geist, den ich im Stillen immer wieder verfluche. Ich kann ihn nur ertragen, weil er es sein wird, der mir Jennys und mein Kind auf die Welt bringen wird. Vielleicht muss ich diesen Geist, diese Hülle noch viele Tausend Tage ertragen, aber so viele Tage gibt es gar nicht, dass ich die Hoffnung verlieren könnte, meine alte Jenny zurückzukriegen.

14

Lulu wusste selbst nicht genau, wie sie Lars entkommen war. Das Letzte, woran sie sich erinnerte, war, dass sie tief Luft geholt hatte und anschließend unter Wasser irgendwohin geschwommen war. Dann hatte sie einen Blackout. In den Ästen einer umgestürzten Weide war sie wach geworden. Um sie herum war es dunkel gewesen, sie hatte jedes Zeitgefühl verloren. In den ersten Minuten war sie völlig benommen, und erst nach und nach wurde ihr wieder bewusst, was ungefähr passiert war. Aber auch dann war sie noch immer komplett verwirrt, konnte nicht klar denken. Das ganze Ausmaß der Katastrophe tröpfelte so langsam wie eine Infusion in ihre Erinnerung, was bis tief in die Nacht dauerte. Da war sie schon nicht mehr am See, sondern irgendwo im Wald. Von sehr weit her hörte sie aufgeregte Stimmen …

Sie stellte sich vor, wie Boote über den See fuhren, wie Polizisten das Ufer abliefen, wie man mit Scheinwerfern und Taschenlampen nach ihr suchte. Etliche Rettungswagen und Feuerwehrautos würden wohl vor dem Schulgebäude stehen, ihre rot und blau blinkenden Lichter würden über den Rasen und das Wasser strahlen, der Schuldirektor würde informiert werden, vielleicht auch irgendein Bürgermeister, den man vorher noch nie in der Schule zu Gesicht bekommen hatte, und ein paar besorgte Eltern würden noch in derselben Nacht ihre traumatisierten Kinder abholen.

Stand Lulu unter Schock? Sie war sich nicht sicher. Alles, was sie fühlte, war eine riesengroße Leere. Sie wollte weinen, doch es ging nicht. Immer wieder flüsterte sie die Namen von Jenny und Niko vor sich hin, ohne dass es ihr gelang, dabei etwas zu fühlen, sosehr sie sich auch anstrengte. Es war, als wäre ihr Herz in Eis gepackt, ihr Kopf vom Blitz getroffen.

Das erste Gefühl, das sie nach einer ganzen Weile spürte, war Verachtung. Aber nicht gegen Lars. Der Hass galt ihr selbst, zum einen, weil sie einfach nicht trauern, sich nicht aufregen, nicht entsetzen konnte. Zum anderen, weil sie sich die Schuld gab an dem, was vor einigen Stunden geschehen war.

Die Nacht war mild, und die Mücken fraßen Lulu fast auf, ohne dass sie sich wehrte. Das geschähe ihr recht, dachte sie: totgestochen zu werden. Und dann von den Ameisen gefressen.

Auf eine seltsame Art wünschte sie sich tatsächlich, vom Erdboden zu verschwinden. Der Schuld auf diese Weise zu entkommen. »Ich hätte Lars nicht monatelang hinhalten dürfen«, sagte sie zu sich selbst. »Ich hätte sensibler sein sollen. Ich hätte merken müssen, dass Lars die Trennung nicht einfach so hinnehmen würde.«

Sie hätte, hätte, hätte.

Dass ihre Fehler nicht als Rechtfertigung für das dienen konnten, was Lars getan hatte, war Lulu egal. Seltsamerweise empfand sie ihr eigenes Versagen als viel schlimmer als Lars' Amoklauf. Denn hatte sie früher nicht fast alles richtig gemacht? Sie hatte immer einen hohen Anspruch an sich selbst gehabt und meistens hatte sie ihn erfüllt. War sie nicht beliebt gewesen, engagiert, hübsch und sportlich? Hatte sie nicht, alles in allem, gute Noten gehabt? Ihre Zukunft war ihr bis vor Kurzem ein bisschen wie ein langer roter Teppich vorgekommen, auf dem sie ewig tanzte.

Und nun war er ihr einfach so unter den Füßen weggezogen worden.

Was war mit Jenny passiert? Lebte sie noch?

Und ging es Niko gut? Bestimmt machte er sich Sorgen um sie.

Langsam dämmerte es Lulu, dass sie für die ganze Welt tot war. Oder wenigstens als vermisst galt, so wie Mandy, das Mädchen aus dem Dorf. Niko, ihre Eltern, Jenny – sie würden trauern, wären verzweifelt.

Eigentlich müsste sie sofort zur Schule zurückkehren und das Missverständnis aufklären. Sie fand nicht die Kraft dazu. Stunde um Stunde saß sie im Wald, später in einem Kornfeld, sah den Himmel blassrot werden, dann zartblau, hörte die Mücken summen …

Was hielt sie zurück, ihr Leben fortzusetzen, so wie sie es gekannt hatte?

Es war nun mal nicht mehr dasselbe. Es durfte auch nicht dasselbe sein. Sie wollte sich zuerst klar darüber werden, wie es zu dieser Katastrophe kommen konnte. Welche Folgen sie hatte und welche sie haben müsste?

Einst hatte Niko ein Trauma erlebt, als seine Eltern bei einem

Autounfall starben, bei dem auch er dabei gewesen war. Dieses Ereignis veränderte ihn, und er hatte ihr einmal erzählt, dass er ein Jahr brauchte, um wenigstens einigermaßen damit fertig zu werden, ein paar Dinge zu begreifen, ein paar Schlussfolgerungen für sein eigenes Leben zu ziehen. Jemand, der so einen plötzlichen, tiefen Schnitt nicht kannte, konnte sich nicht vorstellen, was er für einen Menschen bedeutet. Bisher hatte Lulu das auch nicht gekonnt. Das war jetzt anders.

Aber im Unterschied zu Niko hatte sie einiges dafür getan, dass es überhaupt so weit gekommen war.

Sie wollte fort, einfach nur weg, irgendwohin. Natürlich drängte es Lulu auch zu Niko, zu Jenny, zu ihren Eltern nach Hause, zu allem, was ihr Geborgenheit und Sicherheit bot. Doch etwas anderes war stärker, nämlich der Wunsch, allein zu sein, nur mit sich selbst, weit weg von allen, die es gut mit ihr meinten und deswegen tröstend auf sie einreden würden. Die sie vor lauter Liebe umsorgen und verwöhnen würden.

Sie wollte nicht verhätschelt und beschützt werden. Das war das Allerletzte, was sie brauchte. Was genau sie brauchte und wollte, wusste sie selbst nicht, aber das würde sie schon noch herausfinden.

Lulu griff in ihre Hosentasche, wo sie drei feuchte Einhundert-Euro-Scheine hervorholte. Ihr Taschengeld, das sie von ihrer Mutter bekommen hatte. Das Geld würde reichen.

Sie stand auf, verließ das Kornfeld und machte sich auf den Weg zu einem Bahnhof, der etwa zehn Kilometer entfernt war. Von dort würde sie nach Berlin fahren, wo sie einen ICE nach Paris besteigen wollte. Ihre Freundin Françoise, die letztes Jahr als Au-pair bei den Nachbarn von Lulus Eltern gelebt hatte, würde sie mit offenen Armen aufnehmen. Sie studierte inzwischen an der Sorbonne und hatte eine eigene Wohnung, aber ihr größter Vorteil war, dass sie nicht die geringste Ahnung hatte, dass man Lulu vermisste. Bis Paris schafften es die deutschen Medien kaum. Natürlich, es war ein verrückter Plan, und herzlos gegenüber allen, die Lulu liebten, war er auch, aber sie tat ihnen damit eigentlich nur einen Gefallen. Offenbar brachte Lulu denen, die sie liebten, nur Unglück.

Es war für alle besser so.

Jenny

Sechs Monate – so lange war ich weggetreten. Ich bin zurück. Ich habe lange geschlafen, aber es gibt mich wieder, und dass ich mich darüber mehr freue, als mich über die verpasste Zeit zu ärgern, versteht wohl jeder.

Obwohl … ein bisschen seltsam ist es schon. Als ich verletzt wurde und ins Koma fiel, war ich in der achten Woche schwanger, und jetzt halte ich ein Kind in den Armen. Es ging alles so schnell, nachdem ich aufgewacht bin. Irgendwie hat mich mein Sohn wieder ins Leben zurückgeholt. Noah, unser Sohn, hat die Geburt ganz gut überstanden. Leicht hatte der Kleine es ja wirklich nicht. Zuerst will ich ihn abtreiben, dann übersteht er einen Messerangriff, wächst in einer Halbtoten heran, hat erst mal keine richtige Mutter …

Jetzt, wo Noah da ist, bin ich froh, ihn zu haben. Simon hat sich liebevoll um ihn gekümmert – und um mich. Es wird in Zukunft nicht leicht werden, wir sind beide noch so jung, aber wir haben das letzte Jahr geschafft, und heute liebe ich Simon noch mehr als damals. Früher hätte ich das nicht so offen gesagt. Neuerdings trage ich meine Gefühle auf der Zunge. Wenn man so viel Zeit verloren hat wie ich, redet man nicht mehr um die Dinge herum.

Wären nicht die Toten, könnte man also sagen, dass dieses Unglück sogar etwas Gutes hatte. Aber es gibt diese Toten nun mal. Petzold. Nachdem er versucht hat, Lulu zu befingern, konnte ich ihn nicht mehr leiden, aber den Tod habe ich ihm nicht gewünscht. Und was Lars angeht … Ich hätte nie gedacht, dass er zu so etwas fähig ist. Eigentlich denkt man das ja über niemanden, aber Lars war so gar nicht der Außenseitertyp, der sah gut aus, hatte es voll drauf, und dann tickt er plötzlich aus und macht so was. Ja, er hat versucht, mich umzubringen. Trotzdem hat es mir leidgetan, als ich gehört habe, dass er sich noch in derselben Nacht in einer Scheune in der Nähe des Sees erhängt hat. Die Polizei sagt, dass er die Schlinge so ungeschickt gebunden hat, dass sein Todeskampf mindestens eine halbe Stunde dauerte. Ich finde das schrecklich. Ich weiß, das klingt jetzt blöd, aber wenn ich Noah ansehe, muss ich immer dran denken, dass ich den Kleinen wahrscheinlich nicht bekommen hätte, wenn Lars nicht gewesen wäre. Diesen Gedanken werde ich einfach nicht los.

Lulu … Als ich von ihrem Schicksal erfahren habe, war das echt heftig für mich. Simon wollte erst nicht mit der Sprache rausrücken, wollte mich schonen, aber ich habe ihn so lange genervt, bis er nicht mehr anders konnte. Ich glaube, ich habe einen ganzen Tag lang geweint und Simon gleich mit. Er ist so eine Heulsuse – aber unglaublich lieb.

* * *

Niko war ein paar Mal da, als ich noch im Koma lag. Er und Simon sind echte Freunde geworden, vielleicht weil sie ein ähnliches Schicksal teilten. Jedenfalls, als ich aufwachte, hat Simon ihn gleich am nächsten Tag angerufen und er hat sich sofort auf die Socken gemacht. Nach ein paar Minuten, in denen wir uns über mich unterhalten hatten, senkte Niko plötzlich den Kopf und suchte nach Worten. Ich ahnte, was er sagen würde, und so kam es dann auch: »Ich fühle, dass sie lebt.«

* * *

Ehrlich gesagt, ich habe ihm erst nicht geglaubt. Für mich sah es so aus, als würde Niko sich irgendeine Geschichte im Kopf zurechtzimmern, die ihm das Leben leichter machte. Für alles hatte er eine Erklärung, auch für den Grund, weshalb Lulu untergetaucht war. »Sie fängt von vorne an.«

Wie gesagt, ich hielt das für Quatsch. Bis … Na ja, ich bekam etwa eine Woche, nachdem ich aus dem Koma aufgewacht war, eine Postkarte an meine Eltern geschickt. Da war einfach nur ein Smiley drauf, sonst nichts. Kein Text, keine Unterschrift. Die Adresse war aufgedruckt, der Poststempel verriet Paris als Ort der Absendung. Verrückt, oder? Wer verschickt schon Grußkarten ohne Gruß? Vor allem, wenn die Empfängerin dann nicht mal weiß, wer das Ding abgeschickt hat. Ich kenne niemanden in Paris. Ich habe gezögert, Niko anzurufen, aber schließlich habe ich's getan, und er sagte, er hätte auch eine Karte bekommen.

»Mit einem Smiley drauf?«, wollte ich wissen.

»Nein, eine Collage. Da ist ein Straßenschild drauf, Rue de Liège, und dann ein Haus mit der Nummer 17. Ein mit Kuli aufgemalter Pfeil zeigt zum dritten Fenster links im vierten Stock. Morgen fahre ich hin.«

Ehrlich, ich habe mit Simon um die Wette an den Fingernägeln gekaut. Und dann, am Abend, kurz nach zehn, kam der Anruf von Niko. »Sie ist es«, schrie er ins Telefon. »Lulu … Ich habe sie wieder!«

* * *

Natürlich habe ich ihr ordentlich den Kopf gewaschen, weil sie uns einfach so alleingelassen hat. Und nicht nur ich. Ihre Eltern, die Polizei, das Haus Lombardi, eigentlich jeder …

Nur Niko nicht. Er hat sie verstanden, von Anfang an und rundum. Die beiden gehören wirklich zusammen.

Lars hat das ebenfalls gespürt – und nicht ertragen.

* * *

Weder Lulu noch ich, Niko oder Simon sind noch einmal ins Internat zurückgekehrt. Kati und ihre Clique haben wir zum Glück nicht wiedergesehen und auch nicht diesen seltsamen Dorfjungen, der später gestanden hat, dass er mehrmals ins Haus Lombardi eingebrochen ist, wo er zum Beispiel Schweineblut in Lulus Zimmer geleert oder an der Bucht dieses »Cry« in den Sand geschrieben hat.

* * *

Damit sind eigentlich alle Fragen beantwortet, oder? Na ja, bis auf zwei. Wir haben nie erfahren, was mit Mandy passiert ist, dem Mädchen aus dem Dorf. Hat Lars sie umgebracht? Oder ist sie Lulus Weg gegangen und hat irgendwo ein neues Leben begonnen? Ich wünsche es ihr so sehr. Aber man kann es nicht wissen.

Und was sich auch nie geklärt hat, war das, was Lulu in den Tagen vor Lars' Amoklauf mehrmals am Seeufer hörte – dieser seltsame, gequälte Schrei.

Wir werden diese Ereignisse nie vergessen. Es war schrecklich, aber trotzdem hat es uns alle noch einmal besonders zusammengeschweißt. Mich, Simon und Noah. Niko und Simon. Lulu und Niko.

Bald wollen wir die beiden in Paris besuchen. Ich möchte sehen, wie sie dort leben, und endlich, endlich einfach nur in die Zukunft blicken können. Irgendwie bin ich auch gespannt, was uns da noch so erwartet. Und ich weiß, mit Simon und Noah an meiner Seite habe ich auf alle Fälle genug Kraft dafür.

Danksagung

Ich danke Christiane Düring von der Medienagentur *scripts for sale*, die an dieses Buch geglaubt hat, als es noch keines war. Ebenso danke ich dem Verlag arsEdition, der sich dieses ungewöhnlichen Romanformats angenommen, und speziell Svenja Hoffmann, die den Text mit mir geschliffen hat.